U0073702

靈能之森
01 風暴始動
with great power,
comes great responsibility.
七夜茶×嵐月

# content 目錄

# 001 天才初醒

昏暗的陽光照射在雲朵上，給雲團鍍上了一層金色，如同滿樹桂花盛開在空中。「花瓣」邊緣的雲塊不斷摩擦，時不時放出幾條亮眼的閃電，如同遊龍一般的蜿蜒鑽入地下。

在紅島市第四高中的二年級教室裡，一個男生欣賞著天空中這難得一見的景色。他穿著一件中山裝式的校服，坐在一個靠近窗口的角落裡，身子處在光與暗的交匯線上。

忽然，一支粉筆頭如子彈般的射來，不偏不倚打在他的眉心上。

丟粉筆是站在講臺上的班導師，他的這一拿手好戲引得學生大笑了起來。

「龍耀，你又走神了？」班導師問。

「呃！沒有。」龍耀趕緊搖頭否認，生怕被留下來補習。

「那這道方程式由你來解答。」班導師用力敲打著黑板，油膩的臉上有些惱怒。

龍耀伸手撓了撓後腦勺，臉上出現了一絲難堪。班上的同學看到這一幕，又幸災樂禍的笑了起來。

只有坐在旁邊的班長沒笑，並且壓低了嗓音告訴龍耀：「用第六十七頁的公式。」

雖然平時龍耀就與班長坐得較近，但兩人的人生卻沒有什麼交集，甚至開學已經過了兩個月，龍耀還沒有弄清楚班長的姓名。但龍耀知道這個班長有點怪，是學校裡出名的大好人，總喜歡找機會幫助別人。

龍耀感激的看了班長一眼，發現是個相貌樸素的女孩，但氣質和身材都算上等。

龍耀飛快的把書翻到第六十七頁，嘴角又激烈的抽搐了起來。因為他突然發現桌上擺的這本是英文課本，他的數學課本還沒有從書包裡拿出來呢。

班長無奈的搖了搖頭，將自己的書傾斜過來，希望龍耀能夠看到內容。但班導師看穿了他們的把戲，搶先一步走到了龍耀的身旁。

「龍耀，還有兩年就要指考了，像你這樣上課總走神，到時候能考上大學嗎？」班導師捲起英文課本，輕輕的敲了敲龍耀的腦袋，「明天，叫你家長來。」

# 風暴始動01

「啊！老師，我父母都很忙的。」龍耀說。

「再忙也得來。」

「可是……」

就在這個時候，天空中忽然響起一個炸雷，雷聲震得玻璃窗戶一起顫響。一道紫紅色的閃電直劈而下，像是巨爪似的沿著牆壁撕扯了下來。

在雷電劇烈的電磁衝擊之下，教學樓內的日光燈瞬間熄滅了。學生們發出了驚慌的叫喊聲，而龍耀卻依舊出神的站在窗後。他的注意力被剛才的雷電吸引了。

那道雷電擊碎了玻璃之後，電絲在他的手臂縈繞流動了一會兒，電得他的手臂上全是酥麻的感覺。

但當那些雷電的遊絲退去之後，龍耀看到手中多了一件奇怪的東西。一塊鮮紅色的半透明水晶，外形是像雨滴一般的流線形，側面刻有一個五官誇張的人臉，擺出彌勒佛似的大笑表情。

正當龍耀為這塊水晶好奇的時候，水晶忽然如同熱巧克力般的融化了，一點一滴的浸漬進了他的手心中。

「啊！」龍耀也驚恐的大叫了一聲，下意識的甩動起了手掌，但什麼也沒有被甩下來，就好像剛才什麼也沒有一般。

正當龍耀以為這些都是幻覺時，班導師卻看到了驚人的一幕——龍耀的眼睛突然亮了起來。他眼中的虹膜如同鑲入了燈絲一般，閃爍著與閃電一樣的紫紅色光芒。

「呀！龍耀，你的眼……」班導師驚叫一聲。

「啪——啪——啪——」

日光燈管跳動了幾下，教室又重新亮了起來。班裡的學生平靜了下來，一起看向了失態的班導師。

「咳——咳——沒什麼。」班導師尷尬的咳嗽了兩聲，又說：「龍耀，明天一定要叫你家長來。」

龍耀呆呆的站在破碎的玻璃窗後，吹拂著帶著雨滴的清爽涼風，感受著右手上傳來的陣陣酥麻，煩躁的心靈如同大海似的慢慢平靜下來，大腦也好像醍醐灌頂一般變得一片清明。

「龍耀，龍耀，你在聽我說話嗎？是不是又走神了？」班導師生氣的舉高了課本，準備在龍耀的腦袋上再來一下。

可龍耀突然伸出一根手指，抵在了班導師的手腕下，說：「如果我解答出來那道數學題，是不是就可以不用叫家長了。」

「呃？」對於龍耀的反常舉動，班導師有一點懵了。

龍耀就像突然換了一個人似的，將額前的頭髮向後抿了一把。那些頭髮在雷電的作用下，像鋼絲似的根根倒立了起來，並且變得如同刷了漆一般的黑亮。

龍耀從容的望了一眼黑板，虹膜中泛起一道紫色的光，像是激烈運算的電腦似的。

「答案是$\alpha=18$、$\beta=9$、$\gamma=37$。」龍耀一口氣報出了答案。

學生們沉默了一秒鐘，然後大聲笑了起來，「哈哈！騙人的吧！這麼複雜的數學方程式，怎麼可能用心算解出來啊？」

但班導師卻沒有笑出來，因為他知道答案是正確的。班導師怔了一會兒，馬上返身走上講臺，又寫了一道數學方程式。

「答案是……」龍耀又說出了正確答案。

班導師連續寫了七道數學題，龍耀都是一口就報出了答案。此時班上的學生已經從喧譁，逐漸變成面如土色的震驚了。

班導師擦了擦額頭的冷汗，為了維護身為老師的尊嚴，他決定出一道犯規的數學題，於是寫出了一道微積分方程式。這是大學才能學到的數學知識，高中學生對此根本毫無辦法。龍耀也被這道方程式卡住了，呆愣愣的望著黑板一動不動了。

「龍耀，解不出來吧？明天你還得叫家長來。」班導師得意的笑了笑。

龍耀盯著黑板，說：「老師，等一下。」

就在這個時候，校園廣播急促的響了起來，「全校師生請注意，因受惡劣天氣影響，本日課程到此結束，希望大家儘快回家。」

「哦！放學啦。」

學生們發出了一聲歡呼，呼啦啦的湧出了教室，班導師也趁機走掉了。

龍耀抄手走到黑板前，對著方程式看了兩遍，開始動手寫了起來。

「刷刷刷——」

一陣粉筆灰落下，黑板瞬間寫滿了。然後龍耀擦掉了前面的算式，又拿起一支粉筆接著寫。

半個小時後，方程式的答案終於有了眉目，但講桌上的粉筆已經用光了。龍耀一邊看著黑板的最下角，一邊伸手在桌面上摸摩了起來。忽然有隻手遞上了一支粉筆頭，就是剛才班導師丟龍耀的那塊。

龍耀接過粉筆頭，寫下了最後答案，然後才驚醒過來，搖頭望向身後。班長就站在龍耀的身後，一直默默的看著這一切。

「龍耀，這是一道大學數學題。」班長說。

「我已經察覺到了，的確是非常難。」龍耀點頭說。

「之所以這麼難，是因為你沒有套用微積分公式。」班長仰望著黑板，眼神中滿是驚訝。

「妳知道公式？」

「我自學過一點大學知識。」

「哦！那我的答案正確嗎？」

「完全正確！」班長點了點頭，說：「龍耀，你知道嗎？你剛才所寫的解答過程，其實就是微積分的推導過程，也就是說你把幾百年前，數學家建立微積分理論的過程，又用自己的手重現了一遍。」

聽到這句話，龍耀終於露出一絲笑容，不過不是因為微積分的事，而是因為明天不用叫家長來了。

龍耀收拾起書包，準備離開了。

班長怔怔的盯著他，說：「龍耀，難道你是個天才？」

「天才？」龍耀扭頭望向了班長，突然眼中閃起精光，視野瞬間變得澄清，說：「班長，難道妳是個美女？」

「咦！為什麼問這個？」班長吃了一驚。

龍耀伸出兩根手指，摘掉了班長的眼鏡，對著燈光看了一眼，說：「果然是平光鏡片，妳想用眼鏡遮住臉形嗎？」

「這……」班長怔住了。

龍耀又伸手摸了摸班長的臉，用指甲輕輕的刮掉了一些粉，說：「妳故意選擇暗色調的粉，是為了遮掩皮膚的本色嗎？」

「我……」

「算了，妳不用回答了。人人都有自己的秘密。」

龍耀轉身走出了教室，留下了獨自發呆的班長。

穿過無人的校園，淋著清涼的雨滴，龍耀有一種心曠神怡的感覺，感覺世間的一切都變得澄清了。龍耀步履輕鬆的走到了公車站，用與平時不同的眼光觀察著道路，這種嶄新的視野讓他十分著迷。

最後，龍耀決定不急於上公車，先沿著公路走上一段，盡情欣賞一下沿途的景色。他走過一個接一個路口，穿過一條接一條的小巷，從一面接一面的窗戶前經過，看著每一扇玻璃窗後的小天地，用全新的智慧感悟著全新的世界。

雖然龍耀是以第一視角觀察著這條路，但在他的頭腦中卻形成了一個第三視角，就像上帝在俯視著人間一般。

空中的雨滴，盤旋的燕子，路旁的行人，躲雨的野貓，汽車濺射起的水花，手機發出的鈴聲，一切都好像在放慢鏡頭一般，靜靜的等待著龍耀去感受。

龍耀就這麼一直向前走著，就像晚餐後的公園散步。但當他路過一幢房子時，突然感覺有一點不對。龍耀在原地愣了片刻，又向後倒退了十步，就像倒放影片一般。然後他仔細看向房子，發現那就是自己的家。

龍耀驚訝的回頭看向身後，剛才還是一片慢動作的街道，瞬間變得喧囂熱鬧了起來，而學校早就消失在視野之外了。

「難道我走出了五公里?」龍耀一點累的感覺也沒有，心跳和呼吸都非常的穩定。

在龍耀對著家門發呆的時候，一輛賓士轎車轉過了街道，在他身後鳴起了喇叭。

一個女人從車裡探出了頭來，臉上掛著陽光似的燦爛笑容。

「喲！兒子，發什麼呆呢？」

龍耀轉過頭來，臉上表情淡然，說：「媽，我有話要跟妳說。」

龍耀的媽媽名叫沈麗，在製藥公司做研究員。雖然研究室裡的工作非常忙，但她依然扮演著賢妻良母的角色。在龍耀的爸爸出差的這些日子裡，家裡家外的事都由她一手操辦。

沈麗戴著紅色的板框眼鏡，一副白領麗人的標準形象，姣好的瓜子臉上未施朱粉，但皮膚卻嬌嫩得如少女，身材也是如年輕時一般挺拔，生過龍耀的小腹依舊平坦，全身上下尋不到半點歲月的留痕。

沈麗最喜歡穿著白色的研究服，衣櫃裡沒有幾件彩色的衣服，這倒給家裡省下了不少開支。

雖然沈麗是一名高級知識分子，但她對龍耀卻沒有施加太多壓力，一直對他採取放任式的教育方針，希望龍耀能發掘自己的興趣特長，但這也間接導致他的課業成績很差。

沈麗將汽車停進了車庫，抖了抖身上的白大衣，提著一隻兔子走了出來。

「媽，妳要養寵物？」龍耀奇怪的問。

「不！這是今晚咱們的晚飯。」沈麗露出俏皮的一笑，說：「今天下班晚了，來不及去市場，我就從研究室裡抓了一隻兔子。」

「不會是變異兔子吧？」龍耀皺起了眉頭，對這個脫線的媽媽，實在是有點信不過。

「哈哈！你科幻電影看多了吧，哪來的那麼多變異生物？」沈麗笑著翻了翻兔子的長耳朵，在耳根處發現了一根金屬標籤，「呃！好像真的是試驗品。」

龍耀的嘴角抽搐了兩下，慶幸自己多問了一句。

「不過，我們研究的藥物都是無毒的，這隻兔子依然可以食用。吃了之後，說不定還可以預防感冒。」沈麗很自信的說。

「我不吃！」

「哎！」

晚飯是用剩菜炒的雜燴飯，雖然食材差了一些，但經過沈麗的妙手加工，味道不比大餐差。而那隻作為試驗品的兔子，真的就被沈麗當成了寵物，放在飯桌上與他們一起進餐。

沈麗吃了幾口飯，問：「兒子，你剛才有什麼話要跟我說？」

龍耀盯著沈麗的白色研究服，說：「媽，妳學歷很高嗎？」

沈麗隨意的回答：「還好吧！」

龍耀繼續追問：「有多高？」

沈麗輕輕的放下了碗筷，雙手交叉著支在桌子上，十根蔥指托著尖俏的下巴，問說：「兒子，今天你有一點不同啊，眼睛好像一直在發光，你到底想問什麼啊？」

龍耀用筷子夾起一粒菜豆，穩穩的擺在另一粒的上面，然後又在上面連疊了三顆。那菜豆就像糖葫蘆似的，好像被一根無形的竹簽串著。

沈麗的紅唇慢慢的張開了，一個大大的驚訝掛在臉上，「哇！兒子，你的手比外科醫生還穩啊！」

「媽，今天有人說我是『天才』。」

「咦！」

「妳說我是不是天才？」

「呃！」

「我突然感覺智商提高了許多，精神也變得非常容易專注。」

「哦！」

「媽，妳到底有沒有聽我說啊？」

「我在聽啊！」

「那妳從小看我長大，覺不覺得我是天才？」

「呵呵！天才？」沈麗玩味的笑了笑，說：「世界上有這種生物嗎？」

「當然有了！愛因斯坦，貝多芬，不都是天才嗎？」

「他們付出了努力，然後才收穫成功，這跟『天』有什麼關係？」

經歷過風雨的沈麗有著自己的獨特見解，沒有什麼人生閱歷的龍耀無法反駁。

沈麗望著眉頭擰成一團的兒子，又看了看盤子裡的菜豆，說：「你說自己變聰明了，那我們來比一比吧。」

「好啊！比什麼？」

雖然從小到大，龍耀很少贏過媽媽，但今天的狀態太好了，所以他充滿了信心。

「就比吃菜豆吧！誰吃得多，誰贏了，輸的人就去洗碗。」

「好！」龍耀搶先伸出了筷子，一把就夾起了五顆菜豆。龍耀將五顆菜豆填進嘴裡，剛要伸手去夾第二把，突然見沈麗端起了盤子，昂頭全倒進了嘴巴裡。

「嗝——」沈麗打了一個嗝，兩腮高高的鼓起，邊嚼邊說：「看來還是媽媽比較聰明啊！」

「媽，這是犯規！」龍耀皺著眉頭說。

「規則說過必須用筷子？」沈麗反問。

「可，可，可吃菜豆，都用筷子啊！」

「定式思維，死板教條。傻兒子，你還覺得自己是天才嗎？」

「唉！果然薑還是老的辣啊！」龍耀搖頭認輸了。

沈麗一聽到這個「老」字，立刻劇烈的反應了起來，「喂！喂！你說誰老啊？我看起來很老嗎？公司裡的年輕研究員，還想約媽媽去看電影呢！」

「有這種事？」龍耀的眉頭一皺，說：「我要告訴爸爸。」

「咦！不要！不要！碗讓我來洗好了。」沈麗趕緊說。

晚飯後，沈麗泡上一壺紅茶，一邊吃著玉米卷，一邊看起了偶像劇。那隻試驗用的小白兔，像個毛球似的團在她的懷裡，兩隻紅眼睛也緊盯著電視機。

龍耀雙手抄在胸前，觀察了好一會兒，說：「媽，作為高級知識分子，卻看無腦的偶像劇，妳不覺得很違和嗎？」

「媽媽正在努力降低智商，這樣會使自己變得快樂。」沈麗說。

「哦！智商高就不快樂了嗎？」

「答案是肯定的，所以媽媽才不希望你變聰明。」

「我還是第一次聽說，有媽媽希望兒子變笨的。」

龍耀無奈的搖了搖頭，轉身走進隔壁的書房，這裡擺放著書櫃和電腦，還有一個等人大小的人體解剖模型。

書櫃的最上層擺著一排生物醫學論著，那是龍耀以前只能用來仰望的書籍，而現在他已經能順利閱讀了。龍耀僅僅花了一個小時就讀完了三本書，眼睛在每一頁停留的時間大約只有三秒。

將三本書看完並且理解之後，龍耀再打開第四本書的時候，發現裡面的東西大同小異，可關注的新知識越來越少，便興趣索然的將書插回了原處。

「沒意思！」龍耀隨口嘟囔了一句，突然想起了媽媽的話，喃喃自語說：「果然變聰明後，就不快樂了！」

龍耀坐到了電腦桌前，百無聊賴的上起了網，偶然連接了一個遊戲站。沉默了一小會兒，龍耀註冊了一個 ID，開始玩起了「德州撲克」。這是一種運氣和技巧兼需的賭博遊戲，尤其考驗對自己和對手的心理掌控。

龍耀在故意輸掉了兩把之後，便掌握了同桌玩家的心理，開始一把接一把的贏了起來。在這個過程之中，龍耀看著那些虛擬的 ID，就好像看見了活生生的人，彷彿他們之間不是通過網線連接，而是直接面對面的坐在一起。

龍耀能清楚的看到他們贏牌時的歡樂，輸牌時的悲傷，詐人時的膽怯，被騙時的憤怒，亮牌時的緊張，甚至他還能看到有人在捧鍵盤，有人在猛點鼠標。

他就像網絡世界裡的神一樣，掌握著對手的一舉一動。他手中的虛擬金幣從零開始積累，在不知連贏了多少把之後，已經達到幾千萬之多了。

「吱呀——」房門被推開了，沈麗探進身來，懷裡還抱著兔子，說：「別玩啦！明天還要上學呢！」

「哦！我知道了。」龍耀退出了遊戲。

沈麗回房間睡覺去了，但龍耀卻絲毫沒有睡意。從今天下午開始，他的精神一直很足，到現在也沒有疲憊感，身體也是一樣的狀態。

龍耀再次回到書櫃前，這次看起爸爸的藏書。這些都是經濟方面的書，闡述的是人類的價值觀念，這讓龍耀發現了一個新大陸。

這一次，龍耀看完了五本論著之後，才開始感到一點無聊。

正當龍耀準備放棄的時候，突然看到書裡夾著一個記事本，裡面清晰的記錄著一些股票賬目。原來龍耀的爸爸瞞著沈麗，用自己私藏的小金庫炒股，卻因失誤的投資而被套牢了。

「哦！爸爸的小金庫啊！如果把這件事告訴媽媽，不知道會不會獎勵我零用錢？」龍耀皺著眉頭想說。

但龍耀思考了一會兒後，最終還是沒有出賣爸爸，因為他想到更好的辦法——一個既能懲罰不務正業的爸爸，又能拿到很多零用錢的辦法。

龍耀從小本子裡翻出了賬號，登入股票電子交易網後，就把與之相關聯的銀行卡換了。這樣以後再賺到的錢，就不會匯入爸爸的戶頭，而是直接匯進龍耀自己的。

龍耀仔細的翻閱著爸爸的小本子，對照著網站核實著每一筆交易，總結股票交易時的得與失。

就這樣，時間如水一般的流過，到了早晨五點鐘的時候，龍耀終於建立了自己的體系，將股票的秘訣完全納入腦中。

「砰」的一聲響，房門又一次打開，沈麗披散著長髮，穿著白衣闖了進來。

「啊！鬼啊……」龍耀忍不住大叫了一聲。

「鬼你個頭啊！」沈麗拍了一下龍耀的腦袋，說：「你這孩子在玩什麼啊，是不是一夜都沒有睡啊？」

「呃！沒什麼，沒什麼。」龍耀趕緊關閉電腦螢幕，並把小賬本藏到身後。

沈麗露出一張憂心忡忡的臉，說：「是不是在瞞著媽媽看日本愛情動作片啊？」

「啊！？」龍耀的嘴角抽搐了兩下，說：「沒有！」

「唔唔！終於，我的兒子也長到對異性感興趣的時期了，不過媽媽我要告訴你啊，AV裡的那些都是騙人的。」

「這不用妳告訴我。」龍耀有點忍不住要說出賬本的事，但最後還是頭腦中的理智取得勝利，說：「媽，跟兒子談論這種事，妳不覺得很尷尬嗎？」

沈麗聳了聳肩，說：「不覺得啊！你忘記媽媽的專業了嗎？」

龍耀拍了拍額頭，說：「哦！我差點忘了。妳是研究生物學的，交配和繁殖是妳的專業。」

「真過分啊！媽媽研究的可是生物製藥，交配和繁殖只是副業。」

「好！好！我知道了，妳趕緊去梳洗吧！」

「唉！現在的孩子，真是不好管。」沈麗無奈的搖了搖頭，轉身走出了書房，說：「你還是快點給我找個兒媳婦吧！」

「媽，妳想得太遠了。」龍耀大吼說。

# 002 靈氣感應

昨天的雷雨只是雨季的開始，今天從清晨開始就下起了雨。雖然天空中見不到一絲陽光，但龍耀的心情卻格外的好。淋著淅淅瀝瀝的雨滴，龍耀又一次沿街步行，眨眼間便來到了學校。

龍耀坐到了靠窗的座位上，先把包裡的課本翻出來，隨便一翻就看完了整本書。然後，他掏出口袋裡的手機，打開了炒股用的程式。

看了一眼父親留下的殘局，龍耀毫不猶豫的揮刀割肉，然後騰出一萬元的流動資金，分成三組買入了自己看好的三支股票。

很快三支股票出現了變動，有兩組穩步增長，一組出現了下降。但龍耀並不急著操作，而是冷靜的等待著，運用昨晚總結的經驗，預測出可能的波動點。就像老虎躲在草叢裡，等著獵物露出破綻，然後施以必殺的一擊。

很快，龍耀預測的第一個波動點出現了，他果斷的賣出兩組營利的股票，再重新買入兩組跌入低谷的，然後等待著這兩股下跌的股長起來。就這樣將資金如風火輪似的旋轉，一直保持著至少有兩組在上升的狀態。

等到了第三節課的時候，龍耀的資金已經翻了三倍。可他在課上玩手機的事情，終於被國文老師發現了。

「龍耀，你來讀一下課文。」老師大喊。

龍耀淡然的站了起來，在手機觸屏上點了幾下，然後愣愣的看向老師。學生們看到這一幕，又忍不住發出了笑聲。

「第三十八頁。」班長小聲提醒了一句，但想到昨天的情況，又加上了一句補充，「國文課本，別搞錯了。」

「哦！吭吭——」龍耀裝模作樣的清了清嗓子，抽出包裡的國文課本朗誦：「秦孝公據崤函之固，擁雍州之地，君臣固守以窺周室，有席捲天下，包舉宇內，囊括四海之意，併吞八荒之心。當是時也，商君佐之，內立法度，務耕織，修守戰之具；外連橫而鬥諸侯。於是秦人拱手而取西河之外……」

國文老師奇怪的端詳了兩眼，忽然發現龍耀的書竟然拿倒了。他快步走到了龍耀的身旁，赫然看見龍耀沒有看書，而是一直在低頭看手機。

「龍耀，你課本拿倒了。」國文老師氣呼呼的提醒。

「咦！」龍耀趕緊把課本顛倒過來，尷尬的對老師笑了起來。

「你一直在玩手機？」

「不！老師，其實我在做正事。」

「你的正事是讀書啊！」

「但我沒有拋下讀書啊！」

「這……」

「沒有別的問題，我要繼續忙了。」

龍耀不再搭理老師，坐下來繼續炒股票。到下午放學的時候，資金已經翻了十倍。但隨著資金的增多，所付出的精力也越來越大，龍耀心中生出一絲厭倦了。

關掉了炒股程式，龍耀伸了一個懶腰，正想放鬆一下時，見班導師來了。

「龍耀，你的家長呢？」老師問。
「在公司上班。」龍耀說。
「我不是問他們在哪，我的意思是為什麼你沒叫他們來學校？」
「昨天的方程式，我已經解出來了，為什麼我要叫他們來學校？」
「你解出來了？」老師臉上出現了不敢相信的表情。
這時，班長做出了證明，說：「老師，他的確是解出來了。」
「怎麼解的？」
「他推導出了微積分的原理，用自己的方法解答出來了。」
「啊？！」老師驚訝的張大了嘴巴，下巴都快要掉在地上了，說：「就像牛頓、萊布尼茲那樣推導的？」
「嗯！」班長點了點頭。
老師擦了擦額頭上的汗水，對龍耀說：「放學後，來一趟辦公室。」
「老師，我很忙的。」龍耀懶洋洋的說。
「你有什麼好忙的？」

「我要回家餵兔子。」

老師用力拍了拍桌子，說：「你這算什麼理由啊？放學後必須來找我。」

終於到了放學時間，龍耀走進了辦公室。不過班導師被校長叫去了，他只好坐在老師的座位上，隨便翻一翻桌上的書籍。

除了數量最多的教學參考書外，龍耀還找到了一本講古玩的。他飛快的看完這本古玩鑒定書，側目瞄到了老師的桌頭上擺著一套茶具。

那是一套用紫砂做的茶具，一把紅色的倒把西施壺，配上四個敞口的小杯，杯內分別畫有梅蘭竹菊。

龍耀盯著茶具看了一會兒，一絲奇異的感覺油然而生，好像杯壺裡有什麼東西，正在召喚著他去關注。龍耀伸手撫摸過西施壺，沒有感覺到什麼奇特。他又將手伸向四個小杯，梅杯平常，蘭杯平常，竹杯平常，菊杯……

「嗯！」

龍耀好像觸電了一般，猛的從菊杯上移開了手。這感覺好像有一點酥麻，就像昨天被閃電擊中時一樣。

龍耀看了一眼酥麻的手掌，突然看到掌心中有塊紅印。

這是今天才出現的印跡，與昨天的水晶一個樣子。紅印呈現鮮紅的水晶色澤，好像鑲嵌在手中的寶石，形狀還是那個誇張的笑臉，只是臉下生出幾條紅絲，頭上則長出一根長杆，就好像一粒剛發芽的種子。

龍耀揉了揉掌心的紅印，不痛不癢，也不掉色。

「這世界怎麼越來越奇怪了？」龍耀伸縮了幾下手指，又摸向了那菊杯。

一絲奇異的感覺出現了，像電流似的傳上手指，縈繞在龍耀的掌心間。

這種感覺十分難以描述，與已知的聽覺、視覺、味覺、嗅覺、觸覺都不同，有些像是心理學上所謂的第六種感——直覺。

龍耀的直覺在菊杯上有十分強烈的反應，敏銳的感覺到這杯子與其他的不同。

這時候，班導師回到了辦公室，看到龍耀正在玩賞杯子。

「喂喂！站起來。」老師說。

龍耀讓出了椅子，但沒有放下杯子，說：「老師，這杯子哪來的？」

「怎麼你先問起我來了？我今天找你來，是要跟你談一下上課的規矩問題。」

龍耀沒有搭理老師的話，說：「這杯子跟其他的不是一套吧？」

「咦！你怎麼知道的？」老師大吃了一驚。

「先回答我的問題。」

老師點了點頭，又看向菊杯，說：「這杯子的確不是一套，它是我從古玩市場上淘來的，其餘的杯子和茶壺是後來配上的。」

龍耀看了一眼桌子上的那本古玩書，頭腦突然變得一片通徹透亮，腦海中的歷史知識掀起波濤，急速的與古玩建立起對應關係。

「嗯！這杯子是明代的吧？」

「咦！我，我，我也不知道啊！我只是聽賣家說是古物，但賣家也不知道朝代。」老師驚訝的搖著頭。

「好好收藏吧！」龍耀將杯子還給了老師，問：「古玩市場在哪裡？」

「出校門後，坐六號公車就能到。」

「那我先走了，老師再見！」龍耀擺了擺手，走出辦公室。

「哦！再見——唉！等一下，關於上課的事，我們還沒談呢！」老師抱著杯子，跑到了走廊裡，卻見龍耀早沒影了。

古玩市場在城市的西郊地區，那裡原本是老城區的城隍廟，附近的街上有許多古建築。書畫、玉器、陶瓷、金石，木刻，各種店鋪沿街擺開，就好像回到了古代世界一樣。

龍耀徜徉在古董和玩物之中，仔細尋找那種奇異的感覺。他本身對古玩並沒有什麼興趣，他的目的是尋找那種奇異的感覺，因為這是龍耀瞭解身體異變的唯一線索。

「喂！小夥子，明代的花瓶，要看看嗎？」一名老闆熱情的打招呼。

龍耀歪著頭看了一眼，見花瓶的確很古樸，做工也有明朝風格。但他伸手在瓶壁摸了一把後，頭腦中好像有一個計數器似的，立刻計算出了歷史年代表，說：「三十四年前製造的。」

「呃！」那老闆大吃了一驚，又舉起一個小酒壺，說：「清朝一位親王的酒壺。」

龍耀輕輕的摸了一下，說：「清朝末年的東西，也不是王爺貝勒用的，頂多是個軍隊的小官。」

「高，高，高手啊……看你年紀輕輕，見識可不短啊！」老闆驚訝的說。

「過獎了！老闆打聽個事，這哪有真東西？」龍耀問。

攤主看出龍耀的確有些見識，知道自己的貨入不了他的眼，便如實告訴他一家有名的店。龍耀聽從攤主的指點，找到一家門面不大的店。但當他走進門內之後，立刻感到強烈的氣息，裡面充斥著奇異的感覺，跟菊杯上散發出的一樣。

店老闆約有六十來歲，叼著一根玉旱煙杆，坐在櫃檯後的籐椅上，擦著一尊綠玉觀音像。他看到龍耀進來，也沒有上前搭理，只是抬頭睨了一眼，便又低頭忙了起來。

龍耀在店裡東看西看，見擺設的物件的確精巧，但都沒有散發奇異的氣息。

看來好東西被店老闆藏起來了，龍耀走到了櫃檯前敲了敲，說：「老闆，我想看點真東西。」

「我的店裡沒假貨。」店老闆說。

「的確沒假貨，不過店面上擺的都是平常東西。」

「哦！沒想到你小小年紀，竟然還有這種見識。」老闆放好了玉觀音，拿抹布擦了擦手。

龍耀摸了摸玉觀音，指尖傳來一絲溫潤，但氣息還是不強烈，說：「雕工尚可，料子一般，約在光緒年間製成。」

## 002 靈氣感應

「喔——」店老闆倒吸了一口冷氣，說：「小夥子，你到底用了什麼辦法？僅憑眼力，是不可能把年代推算得這麼準的。」

「哼哼！山人自有妙計。」龍耀故作高深的笑說。

「呵呵！瞭解，瞭解！技不外傳，果然高手。」店老闆伸出一隻手來，說：「鄙人姓周，人稱老周，交個朋友吧！」

「我叫龍耀。」龍耀與老周握了一下手。

「我這店本來只賣給熟人，所以鋪面上故意少擺東西。但看小兄弟是箇中高手，就為你破例一把吧！」老周指了指黑漆漆的木樓梯，說：「上面請。」

老周率先踏上了古樸的木樓梯，腳下發出「咯吱吱」的聲響。龍耀跟著走了幾階，忽然停下了腳步，因為他突然強烈感覺到，這附近有不凡的氣息。

龍耀左右看了看，最終看到了一幅畫，那是一幅山水國畫，畫中天高雲淡、青山挺拔，綠水徐徐。雖然只有寥寥的數筆水墨，卻勾勒出萬水千山之勢。

「老闆，這幅畫……」龍耀指著畫說。

「這幅啊！這幅大概可以算是本店唯一的一幅假畫了。」老周退回到龍耀身邊，說：「這畫是出自清朝的一位舉子手中，他在當時也算是一名丹青名手，但後來因為家道中落，只能靠賣畫度日。但他賣的卻不是自己的畫，而是專賣古代名畫的贗品，說白了他就是個造假專業戶。」

「哦！你的意思是，他臨摹古代的名畫，然後高價賣出去。」

「對！」

「那這畫是臨摹誰的？」

「這是臨摹北宋『第一大手筆』李公麟的作品。」老周歎息了一聲，說：「像這種贗品，我本來是不收的，但他臨摹的實在太好了，所以就掛著自己玩賞了。」

「我能摘下來細看嗎？」龍耀問。

龍耀摸了摸畫紙，確定是清朝的。但這畫上的氣息卻十分濃厚，遠不是清朝的東西能有的。

「可以。」老周點頭。

龍耀伸手一摸畫軸，立時手臂一震。猛然間，他明白了這畫中的奧秘，原來是畫中有畫啊！

「老闆，我就要這幅畫，可以嗎？」龍耀說。

「不行！不行！這是贗品，我不能賣。」老周搖頭說。

「哦！那你可以當廢紙賣給我。作為廢紙，它就是真品了。」

「啊！你倒是很會賺便宜嘛。」老周笑了起來，說：「就算這是一張贗品，但也是清朝的古物，至少要值上幾萬元了。」

龍耀卡裡現在有十萬多元，但他不打算隨便花掉，便說：「一萬元。」

「不行！不行！」

「兩萬。」

「至少五萬。」

「至多三萬。」

老周抽了兩口煙，猶豫了一下子，說：「好！三萬就讓給你，不過你得告訴我為什麼要買這畫？」

「因為我喜歡啊！」

「呵呵！我是不知道你是什麼底細，但我看出來你是懂古的行家，肯定看出這畫有什麼不凡。」

就在這個時候，門外走進一個中年人，那人身材又瘦又高，兩頰的顴骨高高翹起，身上穿著一套名牌西裝，周身帶有一種不凡的氣度，一看就是商界的成功人士。

那人看了一眼龍耀手中的畫，說：「老周，你這就不對了啊！我早就說讓你把畫賣我，你推託是贗品不肯賣，可今天怎麼賣給別人了？」

老周趕緊拱手賠不是，說：「哎喲！王老闆，我哪裡敢啊？我這店的確不賣贗品，不過這位小兄弟不一樣，他看出這畫裡另有乾坤。」

王老闆看了一眼龍耀，便說：「年輕人啊，這幅畫的確是贗品，也做過很多鑒定了，畫裡畫外都沒有什麼機關。」

老周點了點頭，看向了龍耀說：「你不會是以為這畫在裝裱的時候，把一幅真跡裝裱在贗品下面吧？這在古代的收藏家中，的確是有這種藏畫法，但我保證這幅畫裡沒有。」

龍耀雙手握著那幅畫，好像生怕它長翅飛了，說：「三萬，講好了，不要反悔。」

「你這年輕人到底有沒有聽我們說啊？」王老闆無奈的搖了搖頭。

龍耀依舊沒有接話，只是取出了銀行卡，說：「可以用銀行卡劃賬嗎？」

「不急！不急！我說賣你了，就是賣你了。就算沒付錢，這也是你的了。」老周誠懇的擺了擺手，說：「我只是想讓你說說這畫裡乾坤。」

「真的？」

「你這少年怎麼這麼多疑啊？王老闆可以做保人，他可是知名的銀行家。」

龍耀看了一眼王老闆，又望了望老周，說：「拿鋸子來。」

「鋸子！？」王老闆和老周都吃了一驚。

老周讓手下的夥計取出一把鋸，龍耀請那人鋸開畫軸的軸頭，裡面露出一段空心的長管。龍耀向長管裡摳進了一根食指，慢慢的摸到了裡面的一張畫紙，指尖傳來觸電一般的感覺。

龍耀好像很享受似的舒了一口氣，將那軸畫紙小心翼翼的抽了出去，輕輕的攤開在了櫃檯上。

老周依然保持著古井無波的表情，取出一塊「暫停營業」的小牌子，吩咐拿著鋸子的夥計，說：「把這牌子掛出去，別讓任何人進來。」

當夥計走出去之後，老周一下子就變臉了，有些痛心的拍著手，說：「竟然在畫軸裡藏畫，是我預料的不周啊！沒想到那個造假的舉子，竟然還是個木工巧匠。」

龍耀慢慢的撫摸著畫紙，感受著畫上傳來的感覺。這種感覺非常的奇妙，同時刺激著龍耀的五感，眼裡好像看到了陽光，耳邊似乎縈繞著仙樂，鼻下好像飄逸著清香，口中似乎彌散著甘甜，指間還有閃電似的酥麻感。

龍耀仔細品味著這些感受，但他知道這些都不是實感，而是由一種感覺引起的通感，就好像人們用視覺看到了酸梅，但嘴巴裡會感覺到酸甜的味覺一樣。

「這畫太有靈氣了！」王老闆讚歎說。

「是！是！靈氣四逸。」老周連連的點頭，手裡握著放大鏡，仔細的辨認著印章。

「靈氣——」

這一語驚醒夢中人。龍耀的頭腦一下子就醒悟了，自己苦苦尋找的那種感覺，就是這所謂的靈氣啊！

「哈哈……是這樣啊！終於搞明白了。」

龍耀忍不住昂天大笑了起來，原來自己從古玩裡感受到的東西是靈氣啊，難怪越是古老，越是著名的東西，就給他越強烈的感覺。

「刷」的一聲響，龍耀捲起了古畫，說：「老闆，可以結賬了吧！」

「呃——」老周還沒有欣賞夠，臉上掛滿了惋惜之情。

這時候，王老闆終於忍耐不住了，說：「老周，你的眼光最好，說說這畫是不是真的？」

「唉！我再也不敢說自己眼光好了，我這雙眼睛跟龍小弟一比，簡直就是一個瞎啊！不過，這畫的確是李公麟的真跡無疑。」老周說。

王老闆望向了龍耀，說：「小兄弟，我也收藏了不少宋代的山水畫，但沒有一件可以當作鎮宅之寶，你看能不能割愛，把這幅畫讓給我啊？」

龍耀看了看手裡的山水畫，他對書畫並沒有收藏喜好，想要尋找只不過是那種感覺，現在已經知道了那感覺是靈氣，也就沒有保存這畫的必要了。

不過，龍耀也不是什麼善男信女，在他獲得了高智商之後，頭腦中總是想著將利益最大化。

「那不知道王老闆願意出多少錢？」龍耀說。

王老闆看向了老周，說：「老周，你是這方面的行家，給這畫估一個價。」

老周掐著手指算了一下，說：「按照書畫市場上的定價，李公麒的作品得接近千萬，如果放到拍賣市場上，恐怕要達到一千五百萬。」

龍耀暗暗的咋了一下舌，心想這比炒股賺錢快多了。但他臉上依然很平靜，說：「兩千零三萬。」

這次輪到王老闆和老周咋舌了，沒想到這少年這麼敢要價，而且這價還有一個小尾巴。

王老闆以手擋著嘴，低聲說：「小兄弟，這價可有點高啊！」

「貨賣識家，識家不嫌貴。」龍耀看向了王老闆。

王老闆咬了咬牙，額頭滲出一層汗，臉上表情像六月天，陰晴不斷的轉變。老周在一旁瞪眼看著，表情也跟隨著變化，好像比王老闆還緊張。

最終，王老闆把心一橫，說：「好！成交了。」

「啊——」老周長舒了一口氣，說：「王老闆啊，黃金有價，書畫無價。你今天可能覺得貴，但十年後你肯定覺得值。」

「嗯！有理。」王老闆點了點頭。

龍耀從櫃檯上拿起一支筆，在白紙上寫了一行數字，說：「把兩千萬打入這個賬戶，另三萬元交給周老闆。」

王老闆好像怕龍耀反悔似的，馬上給秘書打了一個電話。對於他這樣的銀行家來說，調動兩千萬元並不麻煩，很快那筆鉅款就到了龍耀的賬戶上。

龍耀通過手機看了一下電子銀行，再三確定錢已經到賬之後，才把李公麟的畫交給他。

老周拍了拍手，笑說：「小兄弟，真是厲害啊！空手套白狼，一分錢不用花，白賺兩千萬。」

龍耀指了指自己的眼睛，說：「什麼叫一分錢不花啊？我的眼光就是資本，難道這不值兩千萬？」

「哈哈！是，是。你的眼光兩個億也值了！」

王老闆給了龍耀一片名片，並熱情的邀請他共進晚宴。但龍耀還有別的事要做，便謝絕了王老闆好意，告辭離開了這家古玩店。

# 003 靈能辨穴

龍耀懷揣著兩千萬的鉅款，悠閒的徜徉在古玩街上。他盼望著能再碰到一次奇緣，不費吹灰之力又賺上一筆，但走來走去卻只看到一些平庸物。

畫中藏畫，的確是可遇不可求的。龍耀第一次踏入古玩街就碰上，只能算是超偶發事件了。想到這裡，龍耀鬱結的心便釋然了，他不再去尋找寶物，而是憑著敏銳的第六感，買了幾件富有靈氣的小東西。

這些小東西加起來不超過三百元，大都是被攤主當作工藝品在賣。龍耀找了一個塑膠袋，很隨便的就提回家了。不過如果真的鑒定後估價，這些東西恐怕要值十幾萬。

沈麗早在廚房裡忙開了，聽到兒子從外面回來，便吩咐他快點去摘菜。

龍耀在水盆旁摘了一會菜，突然看到手掌上的紅印，這才想起來還有這東西。那塊紅色的印記中央沒變，還是一張極為誇張的笑臉，但下面的根鬚更加密集了，逐漸延伸向了手腕部位，而上方的直杆也長了一點，看起來像一棵生長期的小樹苗。

龍耀看著那副誇張的笑臉，突然心中泛起一絲寒意，說：「媽，妳聽說過人面瘡嗎？」

「啊？！」沈麗奇怪的眨了眨眼睛，說：「就是古代傳說中的，身上長出一張人的面孔，會吃會喝會說話的那種？」

「不是！我說的跟那種不同，妳來看看我的手掌。」龍耀舉起了右手掌。

沈麗瞪大了眼睛，端詳了一陣子，說：「婚姻線伸進了掌邊，與感情紋交纏在一起，然後散出好幾條，這說明日後你桃花運旺盛，有可能娶兩個以上的老婆。」

「媽，妳認真一點，我不是讓妳看手相，而是看手掌中央。」龍耀氣呼呼的說。

「中央？中央很正常啊！」沈麗有些奇怪的說。

「咦！中央有一塊紅印啊，紅印的中間有張臉，臉上有一根樹苗似的長杆，臉下有樹根似的長鬚。」

沈麗撓了撓頭，說：「別跟媽媽開玩笑，我還要做飯呢！」

拍。

「咦！」龍耀一下子跳了起來，似乎明白了什麼事，拔腳跑向了書房，拿起數位相機一陣狂

然後，龍耀將照片放到電腦上，吃驚的看著螢幕上的相片，見手上根本沒有紅印。龍耀將右手放到螢幕邊，兩相比對著看了好一會兒。

紅印竟然只有他自己能看見，相機和別人都無法印證。

這時候，沈麗走進了書房，手裡提著塑膠袋，說：「這都是些什麼啊？」

龍耀從思考中驚醒了過來，伸手在塑膠袋裡摸了一把，掏出一把木梳子，說：「送妳的禮物，紫檀木梳，清朝乾隆年間的。」

「哈哈！你怎麼比你爸還會吹牛啊？」沈麗聽到這種介紹，當然不信了，「多少錢買的？」

「二十元。」龍耀老實的說。

這把紫檀木梳混在一堆假貨中，攤主以為賣二十元就賺了，但實際價錢不止一百倍。

「果然是哄媽媽開心的便宜貨。」沈麗笑了笑，說：「不過，我還是挺開心的，會好好保存的。不管怎麼說，這也是兒子送我的第一件禮物。」

龍耀也沒講明真實的價錢，反正只要媽媽高興就好。沈麗又在塑膠袋裡翻了翻，看到了李公

麟的贗品畫。

「這畫也是便宜貨吧？下面的畫軸都鋸斷了。」沈麗說。

「嗯！是，是，這便宜貨是送我爸爸的。」龍耀把畫舉起來，掛到了書房的牆上。

沈麗又在袋子裡翻了一會兒，終於找到一枚小玉墜子，「咦！這東西看起來好漂亮啊！」

這是一枚圓環形的翡翠平安扣，整體由綠和白兩種顏色組成，光潔的表面如同塗了一層青油，光線能輕鬆的穿透整個墜體。

這玉墜是龍耀用一百元買下的，但真實價值估計要在五萬以上。

「這也是送給媽媽的嗎？」沈麗笑著問。

「呃！這是送給別人的。」龍耀撓了撓頭。

「哦！女朋友？」

「不是女朋友，只是女性的朋友，班上的一名同學，最近經常幫我忙。」

「明天帶她來吃飯。」

「呃！媽，妳的進展也太快了。」

吃晚飯的時候，在龍耀的強烈要求下，沈麗終於不看偶像劇了，而改看本市的新聞。

新聞報導說，陰雨天氣將持續一週，而且每天都會有雷爆。另外，還報導了一起恐怖的事情，城市裡發生四起惡性殺人案件，已經有八人在兩天內死亡，其中有兩對情侶、一對同學、一對同事，每次都是兩人一起被殺。而兇手極有可能是一個集團，因為四起兇殺案的作案工具相同，都是一把粗大的砍骨刀。

「砍骨刀，殺手是屠夫嗎？」龍耀說。

「唔！世道真不太平啊！你以後別那麼晚回家，也別一個人走路了。」沈麗說。

「不對吧！妳沒看到嗎？兇手只殺兩人一組的，只要我獨自一個人走路，就不會被兇手盯上的。」

「哎！這兇手好奇怪啊！難道是去死去死團的成員，以砍殺成雙的情侶為樂嗎？」

「妳的這種想法才奇怪！」

吃過了晚飯，龍耀又鑽進了書房，打開電腦上的網路銀行，看著二千萬的數字，思考該用來幹什麼。

股票的確是一個以錢生錢的好辦法，但當資金的數額達到千萬之後，操作的難度和耗費的精力就成倍增長，龍耀可沒有那麼多時間一直關注股市。

龍耀思索了一會兒，決定找一支潛力股，用來做長線投資。而最有可能出現潛力股的行業，無疑是那些新興的高尖端產業，比如電子、資訊、生物、新材料、新能源……

龍耀信馬由韁的翻閱著網頁，由一個超連接轉到另一個，由國內轉到了國外，由中文轉成了英文。但這一切都是在不知不覺間發生的，龍耀並沒有意識到他正在閱讀英文，而且還是非常流利迅速的閱讀。

忽然，一條最新的消息吸引他的目光，美國的麻省理工大學有了新成果，是生物學和材料學的交叉產品。

龍耀敏銳的感覺到這是一個機會，投資這一產業必將一本萬利。

「IOG 智能生物基因生物材料。」龍耀仔細的閱讀了一下這一新成果的報告，突然發覺昨晚看的那些生物醫學書都用上了，「嗯！果真是藝多不壓身啊！昨晚還以為看了也白看的書，沒想到今晚就用上了。」

龍耀確信這一新產品會有巨大的利潤，便準備投資這一研究所的股票了。但就在這時候，龍耀的大腦突然又運轉了起來，以極快的速度計算了一下股票獲利，粗略的推算出每一年大約能賺六百萬。

「唉！賺得也不是很多啊，有點讓人不太滿意。」龍耀有些為難的感歎一聲，打開了Google搜索欄，輸入了「IOG 智能生物基因生物材料」，然後鎖定搜索地區為國內。

因為是最新的研究成果，所以國內的消息並不多，但有一條吸引了龍耀的注意。那是本市一家小型公司的招商廣告，聲稱自己有 IOG 智能生物基因生物材料的生產能力，可以與麻省理工簽訂技術合作合同。

龍耀搜索這家公司的資料，見負責人是一個叫林雨婷的，又搜索林雨婷這個名字，竟然又回到了麻省理工。

原來這個林雨婷是麻省理工畢業的碩士生，回國後繼承了父親的一家小工廠，滿懷雄心的想大幹一番事業，卻發現巧婦難為無米之炊，企業沒錢根本周轉不起來，所以她才想招攬投資。但因為她自身的社會關係太少，IOG 基因生物材料的前景又不明顯，所以至今沒有找到投資商。

「如果 IOG 基因生物材料真的好，那投資股票就不如投資實業了！」

龍耀在心裡打起了算盤，有意給林雨婷的公司注入資金。但龍耀又有一點兒猶豫，雖然腦袋是變聰明了，但他畢竟不是專家。

思考了一會兒，龍耀決定去請教專家，於是來到了媽媽的臥室。沈麗正在床上熟睡，懷裡依然抱著兔子。

龍耀趴在沈麗的床頭，低聲說：「媽——」

「啊！」沈麗驚叫一聲醒了過來，拿起枕頭一頓亂拍，「你是什麼人啊？想劫財，還是劫色？」

「都不劫！都不劫！」龍耀抱著頭喊。

「啊！是你這小混蛋啊！你跑媽媽臥室裡幹嘛，難道想讓我抱著睡嗎？」

「妳當我是三歲小孩子啊？我問一件事，妳知道 IOG 基因生物材料嗎？」

「咦！你怎麼知道這東西？」

「在網上隨便看到的。」龍耀裝作毫不在意的樣子，說：「我想問一下，投資這東西，前景怎麼樣？」

「當然好啦！好的沒法說。這東西本來就有市場，又有麻省理工做技術支援。我向研究所的老闆建議過，轉產去做 IOG 的生產加工。但他的眼光比老鼠還短淺，讓我繼續去研究保健品，真是無聊死了！」

「哦！明白了。妳繼續睡吧。」龍耀退出了房間。

沈麗滿臉疑惑的眨了眨眼，心想兒子怎麼越來越奇怪了。

龍耀回到了書房的電腦前，看著林雨婷的電話號碼，又看了看現在的時間──凌晨三點鐘。

雖然龍耀已經連續兩天沒有睡覺了，但他依然沒有半點疲憊的感覺，但這個時候對方應該在休息。不過龍耀實在是等不了了，他現在就需要瞭解一下對方。

手機鈴在響過一陣後，終於被對方接了起來，一個慵懶的聲音說：「喂！是誰啊？」

「林雨婷嗎？妳真有能力生產 IOG 基因生物材料嗎？」龍耀問。

「咦！」對方顯然是驚醒過來了，說：「是我，生產沒有問題。」

「我想投資。」

「風險投資嗎？」

「不！入股投資。妳的技術可以作為技術入股，但我要取得公司百分之五十一以上的股權。」

林雨婷猶豫了好一陣子，要把公司的控制權讓出，這可不是能簡單割捨的。但最後她還是同意了，因為她的目標是幹一番事業，所以她很需要這筆投資的支持。

「可以！但請問您能投資多少？」林雨婷問說。

「前期兩千萬元，可以立刻到賬。」

「啊！請問您貴姓大名啊？」

「我叫龍耀。」

「您不是在開玩笑吧？」

「不是！」

「呃！那我現在就去找您，請問您在什麼地方？」林雨婷興奮的叫了起來。

「現在不方便！我明天再聯絡妳，妳準備一下資料，尤其是關於 IOG 的，明天我要看過後，才能做出最後的決定。」

「瞭解！瞭解！」

「晚安！不……或許該說早安。」

龍耀掛掉了手機，起身伸了一個懶腰，站到了黑暗的窗後。

窗外依然下著濛濛細雨，遠處有幾點燈火搖曳著。

龍耀伸手拉開窗戶，呼吸著新鮮空氣，任由雨滴撲在臉上。在心情沉靜下來之後，他又想起了手掌。掌心中的紅印依舊清晰，就好像捧在手裡的糖漿。

龍耀將手緩緩伸進了雨中，感受著雨點的輕輕拍打。掌心中慢慢的有了感覺，感受到了雨中的靈氣，雖然那氣息十分的微弱，但卻包含著天地的靈氣。

龍耀閉上了雙眼，自己封閉了五感。但在第六感的作用之下，這個世界依舊清晰，甚至比平時更真實。龍耀甚至能「看」到城市每一個角落裡的人和物，能「聽」到天上和地下的一切聲響，能「感受」到這個世界的脈搏和呼吸。

這種感覺真是太奇妙了！

龍耀睜開了眼睛，又看了一眼手掌，忽然發現紅印變了，下面的根鬚變得更長了，上面的直杆有了分叉，小樹苗好像在隨著自己的悟性而生長。

「這到底是什麼東西啊？」龍耀返回電腦螢幕前，搜索了一下「紅印」、「笑臉」、「水晶」，但沒有找到一條有用的訊息。

龍耀百無聊賴的坐在轉椅上，做了一個三百六十度的旋轉。當轉椅停下來的時候，他面對是一副人體解剖模型。這是沈麗從實驗室裡帶回來的東西，裡面有可以拆解的肌肉和內臟。

龍耀伸手拆開了人體模型，仔細的觀察著每一個器官，摸著自己的身體一一比對。突然，他感覺到了身體上發出的奇特靈氣，堅硬的部分和脆弱的部分是不同的，重要的器官和次要的器官也是不同的，尤其是中醫上那些氣血凝結的穴眼，裡面蘊涵的靈氣尤其豐富。

龍耀再次離開書房，來到了媽媽的房間，站在床頭放眼看去。沈麗蓋在身上的絲綿被子，逐漸變成了半透明狀，下面的身體以靈氣的形式勾勒出來，一個個的穴眼就像星星一般鑲嵌其中。

沈麗仍沉浸在酣睡中，還時不時翻一個身。龍耀繞著床頭轉了兩圈，從不同的角度觀察靈氣。忽然，他發現沈麗的後腰處的穴眼，好像被什麼東西給堵塞住了，靈氣淤積在肌肉裡無法運行。

龍耀的眉頭皺緊了起來，扭頭看了一眼床邊的櫃子，見上面放著實驗室的胸章，胸章後面有一根長別針。

龍耀舉起長別針看了看，針頭閃著雪亮的寒光。他把針頭慢慢的對準沈麗的後腰，輕輕的推進了穴眼之中。

「唔！啊！呀！」沈麗發出一陣呻吟，眼睛慢慢的睜開了，「啊！你小子怎麼又來了，一定要跟媽媽睡嗎？」

龍耀將別針藏在身後，說：「媽，我餓了。」

「這才幾點啊？餓了，自己去泡麵。」

「哦！」龍耀倒退出了臥室。

「唉！這孩子搞什麼鬼啊？」沈麗摸了摸酥麻的腰眼，突然感覺到一陣舒爽。原本因為久坐勞損的脊椎，現在一下子全都舒展開來了，一股說不出的爽快感在身上流通。

沈麗從床上站了起來，做了一個彎腰的動作，感覺又回到了年輕時。沈麗喜悅的走出臥室，突然看到了讓人驚恐的一幕。

龍耀坐在客廳一角的壁燈下，正拿著沈麗的那根長別針，慢慢的扎進自己的手腕。

「啊！兒子，你不要尋短見啊！不就是一包泡麵嘛，媽媽幫你做就是了。」沈麗大叫了起來。

龍耀被這聲叫喊嚇了一跳，差點將長別針扎到血管上，「媽，妳別大驚小怪的！我根本沒想尋死，倒是差點被妳嚇死。」

沈麗捧著龍耀的手，說：「那你在幹什麼啊？」

「可能是用滑鼠太多了，手腕有點痠痛的感覺，我正在做針灸療法。」

「咦！你什麼時候學針灸的？」

「從網上學的。」

「網上學的，也敢用啊？」沈麗大吃了一驚，旋即又想到了什麼，摸了摸自己的後腰，說：「你是不是剛才拿我實驗了？」

「呃……」

沈麗揪住了龍耀的肩膀，用力的搖晃了一陣子，說：「到底是不是啊？」

「是，是。」

「你拿媽媽做實驗品啊？」沈麗扼住了龍耀的脖子，說：「你這個熊孩子，把媽媽弄殘廢了怎麼辦啊？」

「不可能的！我有十足的把握。」

「十足你的頭啊！你能認得穴位嗎？」

「能！這世界上恐怕沒人比我認得更準了。」龍耀低頭看了一眼沈麗的身體，身上的穴位都亮了起來，就像是一串閃光的二極管燈。

沈麗無奈的撫住了額頭，說：「兒子，你這幾天到底是怎麼了？感覺跟以前很不一樣啊！」

「我變成天才了。」龍耀回答。

「又是天才？」沈麗眉頭皺了一會兒，說：「你真的學會針灸了？」

「當然。」

沈麗感覺腰椎的痠痛的確是沒有了，也許兒子真的是百年一遇的天才，興許他能振興中醫的針灸療法。

「兒子，送你去讀醫學，怎麼樣？」沈麗一臉興奮的說：「就回我的母校。」

龍耀一臉的古井無波，用毫無波動的聲音說：「沒興趣。」

「啊！好打擊媽媽的熱情啊！」沈麗做出誇張的失望狀，就像莎士比亞的戲劇演員。

「媽，妳好吵啊！如果妳已經睡醒了，就去做早飯怎麼樣？」

「這熊孩子，就會煞風景。」沈麗向廚房走了幾步，又突然快步跑了回來，像小姑娘似的一陣扭捏，說：「兒子，針灸有很多作用吧？」

龍耀用別針扎著手腕，奇怪的看了媽媽一眼，說：「妳想說什麼啊？」

「聽說針灸可以豐胸啊，你看是不是給媽媽……」

「啊？妳的胸脯已經夠大了吧。」龍耀瞪著沈麗的胸部，說：「再說了，我早就過了吃奶的年紀，妳還要大胸脯想幹什麼啊？」

沈麗打開了冰箱門，抓起了一大包泡麵，狠狠的丟在龍耀臉上，「你這熊孩子，吃你的泡麵吧！」

沈麗嘛高了嘴巴，生氣的跑回臥室，「砰」的一聲關了門。

龍耀望著緊閉的門，無奈的搖了搖頭，歎了一口氣，說：「女人的腦袋都是怎麼長的？完全不按常理出牌啊！」

# 004 才華橫溢

龍耀吃了一碗泡麵，看看上學時間要到了，就喊說：「媽，我要去上學了，妳不準備上班嗎？」

沈麗依舊在生氣，在緊閉的房裡喊：「我今天休息。哼——」

「唉！都一大把年紀了，還要小孩子脾氣。」龍耀無奈的搖了搖頭。

龍耀走到了那條經常走的街上，但今天的視界又變得不同了。他關注著來往的行人，看著他們身上的靈氣，小孩子的靈氣輕秀，老年人的靈氣濁厚，男人的靈氣剛勁，女人的靈氣柔綿……人人都有不一樣的靈氣，反映著各自當前的狀態。

可忽然，龍耀看到一個沒有靈氣的人，他從小巷裡撲了出來，接著一頭栽倒在地上。四周的行人都譁然了，突然有人大喊一聲，說：「他後背上有把砍骨刀。」

「連環殺手？」龍耀突然想起了昨晚的新聞，擠進了人圈看了一眼死者。死者是一名普通的上班族，後背的脊椎被砍骨刀斬斷了。

如果是連環殺手的話，那肯定還有一名死者。龍耀抬頭向小巷裡看了一眼，果然見裡面還有一具女屍，另外在小巷另一邊的出口處，他看到了兩個男人離去的背影。這兩個人一胖一瘦，身上的靈氣都十分濃厚，遠非一般的人可以比擬。

龍耀不能確定他們是不是兇手，於是試探性的喊了一句，說：「兇手在巷子裡。」

聽到這一聲喊，兩個男人飛奔起來，這也坐實了龍耀的猜想。幾個勇敢的市民和巡邏警員追了上去，但對方的速度實在是太快了，行動能力也不是常人可比的，就像受過了訓練的特種兵，轉瞬之間就消失在了人群中。

警察很快就封鎖了現場，留下包括龍耀在內的幾名目擊者，詳細的詢問了當時的情況和兇手的樣子。但目擊者都沒有看到兇手的正面，僅描述一個模糊的背影是沒有用的。

龍耀回想著剛才的一幕幕，直覺告訴他這件事不尋常，多起看似無關聯的兇殺案，肯定有一條線串聯著。

警察做完筆錄後，才准許目擊者離開。當龍耀到學校時，已經是第三節課了。英文老師看了他一眼，連理由也沒有多問，就讓他進去了。老師們好像對龍耀都有點無可奈何了，不約而同的使用與沈麗一樣的放任政策。

班長看著龍耀坐下，悄悄的問：「你怎麼遲到了？」

龍耀淡然的說：「我遇到兇殺案了！」

「啊！兇殺案？」班長的表情十分誇張，不像是第三者該有的。

英文老師敲了敲講桌，說：「龍耀，你可以自己不聽課，但請你不要影響別人。」

龍耀舉雙手擺了擺，示意自己是無意的。

英文老師的講課聲再起，班長抱歉的說：「對不起啊，我連累你了。」

「沒關係！」龍耀摸了摸口袋，將玉墜拿了出來，說：「送給妳的。」

透過綠白相間的玉墜，掌心的紅印清晰可見。但龍耀並不擔心被發現，因為他已經實驗過了，除他之外沒人能夠看見紅印。

但班長卻明顯的遲疑了，盯著龍耀的手心看了一眼，然後才猶豫的接過玉墜。

班長撫摸著這塊晶瑩濕潤的玉，說：「這東西看起來好名貴啊！」

「一百元。」龍耀就實說。

「假玉？」

「真玉。我昨天在古玩街買的，妳可不要隨便就丟掉。」

「可如果這是一塊真玉的話，怎麼可能只值一百元啊？」

「這妳就不要管了！反正是送給妳了。」

「我不能要。」班長把玉墜遞了回去。

「為什麼？」

「無功不受祿。」

「那這樣吧！妳讓我看看妳的真面目，就算作為玉墜的回報。」

班長的臉頰紅了一下，說：「不要開玩笑了！我的臉又不是玉做的，可沒有那麼值錢。」

「呵呵！那午飯，請我吃個雞腿全家桶吧，這樣妳就可以安心收下了吧？」

「可是，這枚玉墜不管怎麼看，也不像只值一桶雞腿。」

就在這個時候，龍耀的手機忽然響了起來，全班學生都被嚇了一跳。

「龍耀，把你的手機交上來，然後站到走廊裡去。」英文老師大叫一聲。

「老師，體罰學生是不對的。」龍耀提醒說。

可英文老師已經生氣了，吼說：「少囉嗦！」

龍耀無奈的交上了手機，溜溜達達的到了走廊裡。但他當然不會老實的站著挨罰了，而是沿著走廊散起了步來，走過一間接一間的教室直到樓梯，然後又沿著樓梯走到教學樓頂層。

教學樓層的頂層是給藝術生準備的專用教室，第一間教室就是給美術生做的練習室。十幾名準備藝考的學生坐在畫架後，正專注的對著石膏像做素描練習。

龍耀抄著手站在藝術生的身後，同時觀察著所有畫紙的變化，仔細的體味他們的繪畫風格和技法，以及從畫筆中所流露出來的靈氣。

龍耀從地上撿起了一支鉛筆頭和一張廢紙，「刷刷刷」的快速勾勒出一張人體素描，然後隨手丟在了一旁的桌子上，又溜溜達達的走向了下一間藝術教室。

不一會兒，美術教室裡發出了驚歎聲，美術老師奔跑著衝進走廊，對著龍耀的背影大喊說：「喂！這是你畫的嗎？你是哪一班的？要不要來學美術？」

「沒興趣！」龍耀一臉淡然的擺了擺手，信步走進了下一個教室。

這間教室是音樂生用的，但現在裡面空無一人，只在中央擺著幾件樂器。龍耀揀起一把小提

琴，摸了摸沒有感覺到什麼靈氣，又「吱吱呀呀」的拉了幾下，嘔啞的聲音有點難聽。

龍耀閉上了雙眼，用心靈感應四周。忽然，一股濃厚的靈氣湧現了出來，如海浪似的拍打著他。龍耀轉身看向靈氣的位置，見是一架老舊的鋼琴，上面覆蓋著厚厚的塵土，看來音樂生裡沒有學鋼琴的。

龍耀撿起一塊抹布擦了擦琴鍵，然後搬了一把椅子坐了下來。他先隨便的敲了敲琴鍵，發現有靈氣飄逸了出來，而且隨著音調和音色的不同，靈氣的厚薄和冷暖也不同。

「嗯！鋼琴不虧是樂器之王啊，上面凝結著音樂的靈氣。」龍耀感歎著鋼琴的奇妙，輕輕的翻開了樂譜，一下子就翻到了貝多芬的《月光曲》。

雖然龍耀以前沒接觸過鋼琴，但對這首《月光曲》並不陌生，因為這首曲子實在太有名了，電視或網站經常用它做背景音樂。

龍耀舒展了一下十指，輕輕的按在了鍵盤上，靈氣隨之被牽動飛舞，樂聲也湊響了起來。龍耀的雙手在鍵盤上轉擺著，彷彿不是在敲打無生命的琴鍵，而是在撫摸一隻隻會鳴叫的小鳥。而那些富有靈性的小鳥也十分的聽話，縈繞著龍耀的手指間歡快的跳起了舞來。

當龍耀沉醉在音樂中時，有一個人卻如置身火中。

林雨婷一遍遍的撥打電話，但始終不見龍耀接起來。就在她要灰心放棄的時候，終於聽筒裡發出了回應聲。

英文老師把龍耀的手機沒收之後，交到了班導師的手裡。班導師接起了林雨婷的電話，說：「喂！妳怎麼在這個時候打電話啊，不知道會影響學生上課嗎？」

「咦！你，你，你不是龍耀先生？」林雨婷奇怪的說。

「龍耀先生？哈哈……」班導師感覺這稱呼有點可笑，又說：「龍耀，他正在上課，妳晚一點再打吧！」

「上課？」林雨婷琢磨了一下，猜想龍耀可能是老師，便問說：「請問在哪所學校？」

「市立第四中學。」

「哦！謝謝。」

林雨婷掛掉了電話，半小時後到了學校，先向門衛打聽了一下，便直奔向了教師辦公室。半路上，林雨婷再一次拔響了電話，班導師又接了起來。

林雨婷興奮的進了辦公室，見一個中年胖子拿著手機，便試探著問說：「龍耀先生？」

「不是！」班導師不高興的說，「妳到底是什麼人啊，怎麼找到學校來了？」

「龍耀先生呢?」

「他——」

就在這個時候，走廊裡傳來一陣嘈雜，學生們都在向頂樓跑。班導師停下與林雨婷的交談，在辦公室門口攔下幾名學生，說：「你們跑什麼啊?」

「龍耀在上面彈琴。」、「大家都上去看了。」、「聽說彈得可好了。」學生們回答。

班導師奇怪的眨了眨眼，說：「龍耀還有這麼一手嗎?」

林雨婷猛的出了辦公室，差點將班導師撞飛出去，如風如火般的跑上了頂樓。

頂樓裡早已經站滿了人，像是在開音樂會似的。女生們都是一臉的癡醉相，眼睛裡閃爍著小星星，好像看到了白馬王子；而男生們則是滿臉的羨慕嫉妒恨，已經視龍耀為去死去死團的公敵了。

「龍耀先生，龍耀先生。」林雨婷擠進了人群，站到了鋼琴的旁邊，彎腰嬌喘了一陣，然後才看向龍耀，赫然發現是一個學生，「龍——耀——先——生?」

龍耀停下了彈鋼琴的手，靈氣隨之散逸了開來，樂聲也就此消弭了。

「是我。」龍耀一副氣定神閒的姿態，拿抹布擦了擦手上的汗。

「呃！你，你，你是一個學生啊？」

「對。」

「你這是在開玩笑嗎？」

林雨婷要哭出來了。本來她抱著極大的希望，沒想到卻看到一個少年，這樣的年齡怎麼可能有兩千萬啊？夢想突然幻滅成了泡影，林雨婷感覺一陣痛苦的胸悶。

龍耀沉著的打量著對方，第一印象就是靈氣綽約。對面的女孩子披著一頭長髮，髮絲如瀑布般的飄逸。鴨蛋形的臉線條細膩，眉毛細長而富靈性，眼睛映著希望的光，鼻樑小巧而輕緩，薄唇上帶有一絲稚嫩。

女孩的身材富有東方傳統美，柔媚中帶著幾份含蓄雋永。她穿著一件黑白相配的套裝，纖細的小蠻腰被勾勒的畢現，筒裙下的絲襪包裹著圓潤的美腿，看來是為了會見龍耀而精心打扮過。

「我是很喜歡開玩笑，但不記得對妳開過。」龍耀打量完眼前的女孩，說：「聽聲音，妳是林雨婷嗎？」

「是我啊！」

「妳怎麼找到學校來了，我不是說過會聯絡妳嗎？」

「我打不通你的手機，只能自己過來了。」

龍耀想到手機被沒收了，就尷尬的一笑說：「妳比想像的要年輕啊！」

「啊！你有資格說我嗎？你才是真的年輕，年輕的都過頭了。」

龍耀沒有搭理林雨婷的咆哮，問說：「麻省理工的碩士畢業，年齡至少要有二十六歲吧！可妳看上去，最多二十歲出頭。」

「我從小學到大學，有五次跳級經歷。」

「哦！天才少女啊！」龍耀淡然的點了點頭，說：「我要的資料帶來了嗎？」

「啊！難道你是認真的嗎？昨晚真不是開玩笑？」

林雨婷取出了一份資料。

龍耀拿到手裡看了一眼，忽然聽到一陣嘈雜聲，原來是學生都在看熱鬧。

「這裡不方便談，跟我走吧！」龍耀邁步走出了教室。

學生們像水流似的分開，給龍耀在走廊裡讓出一條路。林雨婷吃驚的跟在後面，不知道這少年什麼底細。

在走過樓梯拐角的時候，龍耀看到了發呆的班導師，伸手從他手中取回手機，說：「老師，我肚子痛，請半天假。」

走過去之後，班導師才反應過來，生氣的大叫說：「就算你假裝肚子痛，也要拿出點誠意啊，有你這樣請假的嗎？」

龍耀抬頭望了一眼班導師，雙手捂著肚子做出痛苦狀，說：「老師，我肚子好痛，感覺要死了。我可不可以請半天假，回家跟我媽見上一面？」

「這表演也太誇張了！」班導師無奈的搖了搖頭，說：「算了！算了！我管不了你，你好自為之吧！」

龍耀又向下走了一段樓梯，看到抱著全家桶的班長，伸手抓起了兩根炸雞腿，一根塞進了自己嘴裡，一根遞給了身後的林雨婷。

「她是誰啊？」

班長看向了林雨婷，心裡突然打起了鼓來，希望龍耀會回答說是姐姐、表姐、姑姑、阿姨、甚至媽媽、奶奶，總之別說是女朋友。

但龍耀卻給她一個意想不到的回答，說：「是助手。」

「啊！我什麼時候成助手了？」林雨婷驚訝的說。

「就在剛才。」

「你也太霸道了！也沒有問過我。」林雨婷不滿的抗議。

「全家桶分給同學吧，就說是我請客了。」龍耀擦著班長的肩走過，又問林雨婷說：「助手，妳開車來的吧？」

「是的！哎——別再叫我助手了，這稱呼太遜了。」

「助手，跟我去一個地方。」

「都說別再叫我助手了。」

班裡的同學圍攏了上來，有男生伸手抓了一隻雞腿，一邊望著林雨婷的汽車遠去，一邊在班長耳邊悄聲說：「班長，情敵出現了。」

班長肩膀微微一震，眼鏡都歪到了一邊，說：「你，你，你胡說什麼啊？」

「嘿嘿！妳就別隱瞞了。我們全都看見了，你們在課堂上說悄悄話，他還送給妳一個玉墜。」

班長的臉一下子紅了，低著頭不再說話了。

男生們肆無忌憚的吃著雞腿，亂七八糟的聊了起來。

「龍耀最近是怎麼了？以前挺平凡的一個人，成績也是班上的中下游，怎麼一下子就金鱗化龍了？」

「是啊！而且還會彈鋼琴、畫素描，簡直跟中古世紀的貴族似的。」

「還變得會泡妞了！不僅泡到了班長，還泡上了有車的御姐。」

「你們不要胡說了！」班長抓起雞腿堵住了男生的嘴，然後攥著玉墜氣呼呼的跑掉了。

林雨婷坐進了汽車裡，依然驚訝的看著龍耀，說：「我們去哪啊？」

龍耀翻閱著資料文件，說：「去我家。」

「啊！不要。」林雨婷大聲說。

「為什麼？」龍耀有些不解了。

「我，我，我可不會用肉體換錢。」

龍耀對著林雨婷上下打量了一番，嚇得後者雙手緊緊的抱住了胸部。

「女人的腦袋都是怎麼長的？滿腦袋都是一些稀奇古怪的想法，連天才少女都逃不出這個範疇。」龍耀感歎說。

「你說什麼啊？」

「為什麼一說去我家，妳就想到肉體交易呢？」

「呃！這……」

「妳的思想太不純潔了。」

「唔！」林雨婷尷尬的無言以對了。

「快開車吧！」

林雨婷發動開了汽車，又忍不住問了一下，說：「你真的不會強暴我嗎？」

「妳可真囉嗦啊！」龍耀不耐煩的說。

按照龍耀告訴的地址，林雨婷駕車來到龍家。沈麗果然沒有去上班，汽車還鎖在車庫裡面。

龍耀開門走進了客廳，見沈麗斜躺在沙發上，臉上黏著幾片黃瓜，正專注於偶像劇。那隻實驗用的兔子蹲在旁邊，身旁擺著黃瓜條和胡蘿蔔。兔子看到龍耀走近，親暱的跳到了他鞋子上，像一隻寵物小貓似的。

龍耀把兔子輕輕的踢開，說：「我回來啦！」

「哼！」沈麗顯然還在為今早的事生氣，連為什麼龍耀會提前回家都不問了。

「呃！我帶朋友回來了。」龍耀補充說。

「哼！又是一起打電玩的小鬼吧？」沈麗回過頭來，向後瞄了一眼。

林雨婷正蹲在龍耀的身旁，拿著一根胡蘿蔔逗小兔子，意識到沈麗的眼睛正在看她，便有些羞澀的站了起來，說：「姐姐，妳好！」

「啊！啊！啊！女孩子——今天太陽從西邊出來了嗎？」沈麗趕緊坐起了身來，抹掉臉上的黃瓜片，淚眼汪汪的感歎說：「十七年了，你終於帶女孩回來了。謝天謝地啊！如果你再不帶女孩回來，我真要以為你是Gay了。」

林雨婷一臉尷尬的站在原地，悄聲問說：「這是你姐姐嗎？」

「是我媽。」龍耀俯在林雨婷的耳邊，低聲說：「不要說多餘的話，更別提我要投資，就說我們是普通朋友。」

林雨婷驚訝的點了點頭，說：「你媽好年輕啊！」

沈麗聽見被人稱讚了，臉上立刻笑開了花，說：「這女孩不僅人漂亮，嘴巴也這麼甜。」

「阿，阿，阿姨，您過獎了。」林雨婷臉頰紅紅的說。

「咳咳……」龍耀清了清嗓子，對林雨婷說說：「我可不是帶妳來聊天的，把那份資料給我媽看。」

「咦！給阿姨？」林雨婷有點摸不著頭腦了。

「少囉嗦。」

林雨婷疑惑的拿出IOG基因生物材料的企劃資料，恭恭敬敬的用雙手遞到了沈麗的面前。沈麗也是滿臉的疑惑，但還是接到了手中，慢慢的翻閱了起來。

「這是IOG的項目企劃嗎？怎麼你手上有這種東西啊」沈麗奇怪的說。

「媽，我這朋友想做這一行，妳仔細看一下可行嗎？」龍耀說。

「嗯！企劃書寫得不錯，數據也非常的準確。但是……」

「但是什麼？」

「但是預算資金太少了，兩千萬雖然可以運作，但第一批的產量太少。這樣就錯失了控制市場的機會，會被有實力的大企業後來居上的。」

「嗯！果然薑還是老的辣。」龍耀點了點頭。

「啊！你這個熊孩子，又說我『老』了。」沈麗揪住了龍耀的衣領。

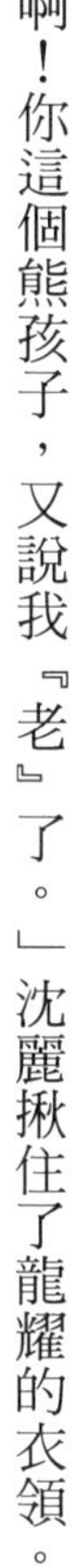

林雨婷見到這種情景，還以為要打起來了，趕緊擠到兩人中間，「阿姨，不要生氣啊！龍先生，呃！不……龍耀，他不是有意的。其實阿姨妳看起來很年輕，真的不像是當媽媽的人。」

「嗯！還是女孩子心細。」沈麗一把將龍耀揪到房間的一角，斜瞅著侷促不安的林雨婷，說：「這女孩看起來的確很不錯，不過好像年紀比你大啊！」

「當然了！她已經二十多歲了。」

「啊！你泡到大學生了？真不虧是我的兒子啊，第一次上手戀愛遊戲，就選擇了『最高』難度。」

龍耀也懶得跟她多解釋，只把企劃資料收起來，說：「好了！媽，多謝妳的評估了，我還有事要去辦。我會在下午去買一盒針灸針，晚上就可以給妳做針灸豐胸……唔！」

龍耀的話還沒有說完，就被黃瓜塞住了嘴。

「你這熊孩子別當著別人的面說啊！」沈麗尷尬的說。

「唉！妳忌諱還真多。」龍耀無奈的搖了搖頭，示意林雨婷跟他走。

林雨婷追著龍耀跑進車中，說：「剛才，你和你媽聊什麼了，我好像聽到『豐胸』了。」

「怎麼？妳對『豐胸』也有興趣？」龍耀說。

林雨婷扭捏了一陣子，說：「女生對這個都有興趣。」

龍耀瞄了一眼林雨婷，見她的胸部雖然不大，但形狀卻非常優美，屬於那種秀麗的美乳。

林雨婷的臉頰一下子紅了，下意識舉手拍了過去，說：「不要盯著人家的胸部看個沒完啊！」

龍耀看著林雨婷的巴掌拍來，清晰的感應到了靈氣的軌跡。他輕描淡寫一般的伸手向前一抓，用食指和拇指捏到虎口處的穴眼。

龍耀本來只是想抓住這隻手，可沒有想到卻有了意外收穫，成功的封閉了她手上的靈氣脈絡。林雨婷的手瞬間靈氣全無，像是死灰色的石膏像一般。

龍耀好奇的搖晃著林雨婷的手，三百六十度旋轉著觀察著各個部位。

「啊！啊！啊！手麻掉了。」林雨婷又羞又痛，柔柔的叫說：「你要抓到什麼時候啊？」

龍耀把兩個手指一鬆，靈氣又流通了起來。龍耀撚著兩個指尖，體會著剛才的感覺，說：

「開車！去妳的工廠，我要實地考察一下。」

# 005 一億貸款

林雨婷駕車一路向北，由寬闊的瀝青路轉上水泥路，又變成了鄉村的沙子路，最後變成了純粹的泥土。

「我們是不是要到荒漠了？」龍耀問。

林雨婷「吱」的一聲煞住了車，說：「快了！前面就是。」

龍耀抬頭望向前方，見路的盡頭有個小鎮。小鎮後面倚靠著大山，兩側環繞著農田和樹林，只有正前一條路可走。

「這裡還真是荒涼啊！」龍耀感歎說。

「你這話可說的不對哦！這山裡可全是寶，小時候我常進山玩。」林雨婷不高興的說。

「原來這裡是妳的老家啊！」龍耀仰望了一會兒青山，突然有些奇怪的問：「為什麼我們要停在這裡，幹嘛不繼續向前走啊？」

「路被擋了。」

「路上有人嗎？」

龍耀抬頭看了一陣，見路上空蕩蕩的。他又把目光降低了一些，終於看到了擋路者的樣子，原來是一群放養的鴨子正在過路。鴨子們根本沒有讓路的意思，排著整齊的大部隊，浩浩蕩蕩的橫跨過了這條唯一的路，撲騰著跳進了另一邊的池塘裡去了。

「很有趣吧！」林雨婷望著鴨子說。

「還真有鄉村情調啊！」龍耀無奈的感歎了一聲。

汽車再次行駛起來，最後停在一片廠區前。推開生著鐵鏽的大門，林雨婷敞開了雙臂，說：「看看！很大吧——」

龍耀放眼望過去，的確是很大一片，跟大草原似的。是的！真的跟大草原似的，廠區裡的地完全荒了，青草都長到沒腰深了。

「妳在網上說有生產能力，是說有生產牧草的能力？」龍耀責問。

林雨婷噘了噘嘴巴，說：「廣告就要誇張一點嘛！要不然怎麼會吸引到人？」

「在騙人這一方面，妳倒是挺有天賦。」

龍耀不再與林雨婷說話，而是緩步走在廠區之中，感受著大地散發的靈氣。這裡不愧是山清水秀的好地方，地脈中散發的靈氣遠高於城市。誕生林雨婷這樣的天才少女，大概也是託這地脈的福吧！

好地方！在這裡投資辦廠，不發財就奇怪了。

龍耀思索了一會兒，聯想到沈麗的話，覺得兩千萬的確太少了，必須追加更多的資金。不過龍耀本身的社會關係有限，想不到吸收更多投資的辦法。思來想去，他記起了買古董的王老闆，那人可是一名銀行家啊！

當時龍耀看過一眼王老闆的名片，已經把電話號碼牢記在心了。

龍耀撥通了手機，說：「王老闆，你好！我是龍耀。」

「哦！龍小弟啊！」王老闆興奮的說。

「王老闆，我有事請你幫忙。」

「哦！儘管講。」

「我想申請一筆貸款。」

「用途是什麼？」

「投資建廠。」

「哈哈！龍小弟還對實業感興趣啊！那你要貸款多少呢？」

龍耀抬起眉頭看向林雨婷，示意她預估出一個數字來。林雨婷正處在震驚之中了，她沒有想到龍耀會認識銀行家，見龍耀的眼睛看了過來，趕緊豎起了一根手指，示意追加一千萬。

龍耀點了點頭，說：「我的助手估算過了，先貸款一個億吧！」

「碰」的一聲響，林雨婷躺倒在草叢裡了。

王老闆也被嚇了一大跳，沉默了良久才回過氣來，說：「龍小弟，你這獅子口是越開越大了。」

「你是大銀行家啊！像這種一億、兩億的貸款，應該天天都能見到吧？」龍耀說。

「一億貸款的確不是很大的額度！但一個十七歲的學生貸款一億，那就是一個天文數字了。老實說，我像你這麼大的時候，連一百萬都沒見過呢！」

「時代不同了！」龍耀放眼看向後山，又說：「我在市北還有一片地，可以作為貸款的抵押。」

「那裡的地價不高啊！抵押一億還是有難度。雖然我們倆的確是有交情，我也很看好小弟你的才智，但還有董事會在監督我啊！」沉默了一會兒，王老闆又問說：「對了，你要投資什麼項目啊？」

「IOG基因生物材料。」龍耀說。

「呃！對不起，我不太瞭解這個。」

「是最尖端的科技，剛剛才研發成功。」

「哦……那我有辦法了。最近有一個新條令，要銀行扶植高端新產業。如果你的項目能立項的話，那我倒是可以給你提供低息貸款。」

「多謝王老闆提醒！不過公家機關的情況我不太熟，能不能請你引薦一下？」

「哈哈！說起來，市長還想見你呢！」

「見我？」

「是啊！昨晚，市長看了李公麟的那幅真跡，又聽說了畫軸藏畫的故事，就十分想與你結交一下。如果你今晚有空的話，我可以設宴介紹你認識。」

「見市長就免了吧！我對官場不太適應。」

「呵呵！你倒是頗有幾分魏晉隱士之風啊？那我只叫老周過來，咱們三人聚一聚，這樣可以吧？」

「我沒有時間……」龍耀剛要出言拒絕，卻見林雨婷在使眼色。

「機會難得啊！為了一個億，犧牲一下吧！」林雨婷說。

龍耀瞪了她一眼，又思慮了一番，對著手機說說：「好吧！不過不要去大場所。」

「那來我家吧！臨海路十八號別墅。」

「OK！今晚見。」龍耀掛掉了手機。

林雨婷高高的舉起了拳頭，兩眼變成了美元符號，說：「臨海路哦！聽說那裡住的全是億萬富翁，人人家裡都有私人遊艇啊！」

「拜金女。」龍耀冷淡的說。

「哼！喜歡錢有什麼錯嗎？沒有錢什麼也做不了。」

「只有二千萬的時候，妳還猶豫去不去我家，數額達到成一個億後，妳就什麼也不考慮了。難道妳不怕王老闆會讓妳用肉體交換嗎？」

似的。

「唔！情況不同嘛！再說，不是還有你一起去嗎？」

「說不定我和王老闆合夥，要逼著妳玩 3P 遊戲呢！」

「哇！你好下流啊！」林雨婷抱緊了雙肩，俏臉漲得通紅。

「我要回家。」龍耀擺了擺手，先一步回到車裡。

但這一次，林雨婷卻沒有聽從他的指揮，回城後便鑽進了一家美容院。

龍耀無聊的坐在美容院的長椅上，看著美容師擺出一堆瓶瓶罐罐，把林雨婷的臉塗得跟面具似的。

「妳到底要幹什麼啊？」龍耀說。

「出席宴會時打扮好儀容，這是對主人的禮貌啊！」林雨婷說。

「難道妳來見我時，沒有打扮好嗎？」

「二千萬的儀容和一個億的儀容，在本質上就是不一樣的。」

「妳這個沒節操的拜金女！」

「喂！你真的不用打扮一下嗎？難道你就準備穿校服去？」

「我可不是靠臉吃飯的，我依靠的是這裡……」龍耀指了指腦袋。

一個高中生敢對碩士發出這種挑釁，如果是在今天之前遇到的話，林雨婷一定會出言反駁，好好的教訓一下這個不知天高地厚的小子。但今天她作為「天才少女」的驕傲徹底崩潰了，她甚至因為被叫了二十年的「天才」而感到慚愧。

林雨婷在求學的歷程中，也曾經遇到過各種天才，但從來沒有見過龍耀這樣的。龍耀就像一片汪洋，大海無量，深不可測，潮浪無垠，傾天驚濤，就是對他的最好形容。

林雨婷不悅的嘟起了嘴巴，兩腮像彈塗魚似的鼓了起來，搞得面膜都要龜裂了。

「我出去買點東西。」龍耀起身離開了美容院。

美容師揉了揉林雨婷的臉頰，將她嘴裡的氣擠了出來，說：「妳男朋友走的是硬派路線啊，很酷嘛！」

「他才不是我男朋友呢！」林雨婷生氣的說。

美容院所在的這條街，處在城郊結合的地帶，雖然現代化的氣息已經感染了這裡，但僻靜的小巷裡還有許多古店。龍耀要買的東西是針灸針，那是中午答應過媽媽的東西。

龍耀在街頭打聽了一聲，找到了一家不大的中醫店。一個戴著黑墨鏡的盲人大叔，正在給一個腰痛的患者施針治療。

龍耀觀察了一下針灸師的手法，見他摸骨認穴的技術很高明，認穴的準確度不比他差多少。

「先生，今天恐怕沒時間安排您了，您看是不是改天再過來啊！」盲人針灸師說。

「我不是來做針灸的，而是來買一點東西，我坐這裡等一會好了。」龍耀說。

龍耀端詳了一番針灸師的治療手法，然後翻閱起了案頭擺放的中醫書。除了幾本盲文醫書，龍耀暫時還看不懂外，其他的書全部讀了一遍。

三個小時後，盲人針灸師送走了顧客，摩挲著來到櫃檯後面，說：「先生，你看書真快啊！」

「你知道我看了多少本？」

「七本吧！而且你每一次翻頁的時間間隔相同，可見你是在認真的閱讀書上的內容。」

「你的聽力還真不錯！」

盲人針灸師笑了笑，說：「先生，想要什麼啊？」

「針灸針。」

「哦！先生也懂醫術？」

「剛學了一點。」

「要多少根？」

「一千根，各種尺寸都要。」

「啊！這麼多？」

「我有妙用。」

龍耀買完針灸針，回到街上的時候，天色已經變暗了。

龍耀來到美容院前的停車場，看到林雨婷被三個男人圍著，雙方正在激烈的爭辯著什麼。

一個男人癱坐在車前，抱腿做出痛苦的樣子。另一個打扮的像流氓的男人，擺出一副痛心疾首的樣子，說：「小姐，妳的車撞傷我朋友了。」

「我看得非常清楚，根本就沒有碰到。」林雨婷據理力爭。

「哦！妳怎麼想賴賬啊？」流氓男伸手就想揪林雨婷的衣領。

就在這個時候，第三個男人伸手擋住了，說：「喂！喂！別對女人動手動腳啊！」

「你是誰啊？」流氓男吼說。

「我是過路的，看到車禍了。雖然是這位小姐撞了人，但你們也不能動粗啊！」路人男又轉向了林雨婷，擺出一副好心人的樣子，說：「小姐，妳剛才的確是撞到人了，不過看起來也不是很重，給點錢讓他去醫院包紮一下就行了。」

「啊！我，我，我明明沒有啊！」林雨婷著急的說。

「連路人都證明了，妳還想抵賴啊！要不我們去警局說明白吧……」男人拉住林雨婷，假意要拖去警局。

龍耀像沒事人似的打開車門，把買來的針灸針放進了車裡，只留下一包打開的捏在手裡。

「笨蛋！妳沒有看出來嗎？他們三個是一夥的，想騙妳錢。」龍耀淡然的說。

三個男人都愣了一下，流氓男猛的衝到近前，伸手戳向了龍耀的胸口，說：「你這臭小子不要胡說，當心我的拳頭不認人……」

龍耀輕快的晃出了針灸針，順著對方手指的方向一紮，精確的將針插進了指甲下，沿著指甲進入了指關節。

「啊……」男人發出撕心裂肺的慘叫聲，那樣子就像手臂被斬斷似的。

龍耀面無表情的捏著針灸針，左右撚動著向推進了幾毫，對方的痛叫聲更加慘烈了。

「哎！原來『十指連心』的說法是真的啊！」龍耀得出了實驗結果。

扮演「路人」的男人突然靠近，冷不防一拳直搗龍耀的面門。

龍耀平靜的連眨眼反射都沒有，另一隻手抽出一根針灸針刺出，竟然直取對方雙眼之間的穴位。路人男的拳頭已經壓到龍耀臉上，但卻突然如冰封般的停止了。

「啊！啊！我的眼睛，我看不見了！」路人男瘋狂的撲騰了幾下，一頭撞倒在旁邊的路燈杆上。

扮演「傷患」的男人已經嚇破了膽，驚叫一聲拔腿如飛似的跑掉了。

林雨婷氣得踢了「路人」一腳：「你不是說我撞到他了嗎？那他怎麼跑得比兔子還快？」

龍耀面無表情的坐進了車裡，說：「助手，開車，時間不早了。」

林雨婷又在兩人身上踢了幾腳，才開車駛向臨海街的別墅區。但行駛在公路上的時候，林雨婷總偷偷的扭頭，偷眼觀看龍耀的側臉。如果龍耀轉過頭來面對著她，她又會馬上裝作沒看見的樣子。

「助手，開車的時候專注一點，我可不想死於車禍。」龍耀說。

「哦！哦！」林雨婷愣了一會兒，才想起了什麼，說：「不要叫我助手啊！」

「那還能叫妳什麼？」

「反正我不喜歡被叫做『助手』。」林雨婷噘高了嘴巴，又問說：「龍耀，難道你是武林高手，剛才那是什麼功夫啊？」

「什麼功夫？」

「用針的那一招。」

「葵花寶典。」

「咦！」林雨婷驚得雙手一滑，方向盤一下子就歪了，汽車差點衝出道路。

龍耀一把抓住方向盤，說：「妳認真一點開車好不好啊？」

「哦！哦！」驚魂未定的林雨婷深吸一口氣，用古怪的眼神望向了龍耀，說：「欲練神功，必先自宮。」

龍耀翻了翻白眼，說：「妳武俠小說看得不少啊！」

「你，你，你也自宮了？」

「自宮妳個頭啊！我跟妳開個玩笑而已。妳真的是天才少女嗎？天才少女就這種智商嗎？」

龍耀指了指下巴處的喉結，說：「妳難道聽不出我的嗓音嗎？」

「嗓音可以裝嘛！」

「那妳是不是想驗明正身啊？」

「你，你，你好下流啊！」林雨婷紅著臉說。

龍耀長歎了一口氣，說，「跟妳這種笨蛋合作，我開始擔心我的投資前景了。」

林雨婷也不甘示弱，說：「跟你這種流氓合作，我才要擔心我的人生前景呢！」

「哼！」

龍耀和林雨婷一起噘高了嘴。

臨海街，顧名思義，位於沿海一線的黃金地帶，背倚最繁華的城市經濟帶，面朝風景壯闊的大海。這裡居住的全都是知名的企業家，還有外地甚至海外來客居的各行名人，那些在街上與你擦肩而過的人，很可能會在晚上出現你的電視機裡。

林雨婷的汽車緩緩前行，終於來到了約定的地點。王老闆的別墅是一幢三層的小洋樓，建在海邊一塊突出的岩石上，窗前的燈光映射在大海上，在平靜的海面拖出搖曳的光。

龍耀看著這幢小樓，不得不感歎了一聲，「該死的有錢人！」

林雨婷既興奮又緊張，在車前收拾了一下，說：「你看我的穿著怎麼樣？」

龍耀斜睨了一眼，說：「挺合身的！穿在妳身上很漂亮。」

女孩子總喜歡聽好話，雖然剛剛經歷過冷戰，但林雨婷仍然露出了笑意，有些羞澀的追問：

「真的嗎？」

「不！這只是禮儀性的誇讚。」龍耀淡然的說。

「啊！我要被你氣死了。」

龍耀按響了別墅的門鈴，王老闆親自出來迎接。龍耀剛要與王老闆握手，忽然感覺到一股異樣的氣息。龍耀的視線越過王老闆的肩頭，看向他身後站著一個年輕女人。

那女人二十二、三歲的年紀，容貌和氣質都屬於上等水平，穿著一件奢華的晚禮服，肩頭挽著一抹輕紗，一派女主人的氣度儀態。

但這些都不是吸引龍耀注意的地方，讓龍耀在意的是她身上的靈氣，比普通人類要多出百分之五十左右。

王老闆的手懸在空中，尷尬的看了看龍耀，又望向身後的女人，說：「啊！我給你們引薦一下，這是拙荊葉可怡。」

「啊！你老婆？」龍耀嘴角抽動了兩下，說：「我以為是你女兒呢！」

葉可怡聽到這一句話，臉色立刻就變得難看，好像被戳破秘密似的。但王老闆卻爽朗的笑了起來，說：「哈哈！龍小弟真會說話。」

林雨婷趕緊迎上了前來，握住了王老闆懸空的手，說：「王先生，你好，我是……」

龍耀搶先一步介紹：「是我的助手。」

林雨婷恨得一陣咬牙切齒，十分尷尬的對王老闆說說：「我剛從美國學成歸來，還請王先生多多關照。」

「客氣了！客氣了！」王老闆笑了笑，說：「我早就覺得龍小弟不是一般人，沒想到連助手都這麼優秀。」

這時候，葉可怡笑著走近了幾步，對龍耀伸出了一隻手，說：「最近常聽我老公說，龍先生天縱奇才，沒想到這麼年輕啊！」

「過獎了！夫人的年輕程度，也超過我的想像。」

龍耀與葉可怡握了一下手，忽然看到了驚人的一幕。在葉可怡的左肩頭的輕紗之下，竟然隱藏著一個紅色的圖案。

那圖案跟龍耀手上的圖案神似，只不過那張臉的表情是非常誇張的怒相，兩邊根鬚和樹幹的形狀也不太一樣。

而葉可怡也看到龍耀手心的紅印，她下意識的收緊了手上的肌肉。龍耀突然感到一股大力襲來，這可不是一般女人該有的力量。如果放任對手繼續施壓的話，自己的手骨很可能被握碎。

龍耀沉著的伸出一根手指，猛的扣住了對方的穴眼。葉可怡感覺到手臂一麻，好像觸電似的縮了回去。

龍耀沉默的思考了一陣子，終於想明白了事情的原委，原來只有同類才能看到紅印，而普通人是無法看到的。

兩人默默的對視了將近一分鐘，然後一起禮儀性的笑了起來，「哈哈！哈哈……」

看到兩人莫名其妙的笑了起來，搞得王老闆有些不知所措，趕緊指使葉可怡去廚房看看，自己則將龍耀讓進了客廳。

# 006 遭遇同類

林雨婷緊跟在龍耀身後，低聲問說：「你搞什麼鬼啊？」

龍耀有些奇怪的問：「妳不覺得葉可怡很奇怪嗎？」

「沒有啊！」

「哦！看來妳去美國求學多年，在這方面的見識要比我廣。」

龍耀走進了客廳，見老周早就坐到了桌旁，正在研究一個酒罈子。

「龍小弟，你來看看這個？」老周熱情的招呼。

老周手上的陶瓷酒罈，外表是白釉繪五彩，罈口用陶土密封著。從靈氣上感應年代，應該是清朝光緒時代的，罈子上帶有水漬的印跡，還有一股若有若無的鹹味。

龍耀用第六感捕捉著這股鹹味，突然感應到了大海的感覺，說：「這難道是海撈瓷？」

海撈瓷就是古代中國在出口貿易中，用海船裝載貨物運往歐洲等地，海船在中途遇難沉到了海底，數百年後被現代的人們打撈上來的瓷器。

老周不敢置信的點了點頭，感歎說：「龍小弟，你到底是師承哪一個鑒古門派，怎麼能一眼就看出這種秘密？」

王老闆笑著走了過來，說：「老周，虧你還是老江湖了，怎麼問這種外行話？」

「我知道這是行內秘密，但實在是忍不住啊!龍小弟的鑒古術也太奇特了，我從來沒有見過這種手法。」

龍耀撫摸著五彩酒罈，說：「裡面裝的是酒嗎？」

「是不是酒，打開一嘗就知道了！」王老闆笑說。

「我們喝嗎？」龍耀對王老闆的大方吃了一驚，說：「這罈酒的價錢可要比任何名酒都貴啊！」

王老闆拍了拍桌子，豪爽的說：「酒逢知己千杯少，千金散盡還復來。名酒易得，知己難求。我們三人算是忘年之交了，完全夠格喝這罈海撈陳釀。」

老周鼓了鼓掌，說：「王老闆說得好啊！」

龍耀坐到了桌子旁，說：「那恭敬不如從命了！」

在三人談興正高的時候，葉可怡領著一排廚師走進，擺放下一盤盤的山珍海味。王老闆趁著興致，談起自己青年時如何不得志，又說到中年時劇變成為了富翁。老周則說起自己年輕時，走南闖北的奇聞異見。

只有龍耀沒有什麼事蹟可說，只能老老實實的喝酒吃菜，聽兩位老前輩的教誨。林雨婷和葉可怡陪坐在偏席，低聲的聊一些女人間的瑣事。

酒過三巡，菜過五味，大家都有幾分醉意了。葉可怡起身離座，要去趟洗手間。龍耀趁機也離席，跟著葉可怡進了走廊。

葉可怡見龍耀跟了上來，便站定在了窗口旁，眺望著海上升明月的美景。龍耀抄著手走到窗前，與葉可怡並肩站在一起。

「廢話不多說！關於妳肩上的東西，妳知道多少？」龍耀說。

「知道的比你多一點。」葉可怡說。

「說來聽聽。」

「不是現在。」

「我現在就想聽。」

葉可怡扭頭看了一眼龍耀，臉上泛起了一絲媚笑，突然一拳打了出來。龍耀早就感覺到葉可怡在聚集靈氣，所以一點也沒有因為她突然動武而吃驚。

葉可怡的拳頭被龍耀閃過了，然後砸進了一幅油畫裡，連畫後的牆壁都轟裂了。龍耀低頭讓過拳頭的同時，從口袋裡抽出了三根針灸針，「啪啪啪」拍在了葉可怡左耳下。

葉可怡感到一陣頭昏眼花，「碰」的一聲跪倒在地上。

「我封住了妳的左頸大動脈，妳的大腦將在五秒內缺氧。如果不想變成腦癱的話，就別再浪費我的時間。」龍耀冷酷的說。

就在這個時候，忽然走廊裡有風吹來，窗簾發出沙沙的響聲，好像幽靈靠近過來似的。

一個猶如鬼魅的沙啞女聲，在龍耀的耳邊緩緩的響起：「智者絕情，果然不假。龍先生的手段，著實讓人佩服。」

龍耀驚訝的摸了摸耳朵，感覺聲音在裡面縈繞不絕，就像是鑽進了耳腔的飛蟲。下一秒鐘，一股靈力從上方襲來，直接鑽入了龍耀大腦。龍耀的手指劇烈的曲張了幾下，突然不受控制的伸出，拔掉了葉可怡身上的針灸針。

龍耀努力奪回雙手的控制權，抽出兩根針灸針刺進耳後，暫時封閉了聽力系統。但那個聲音還是傳入腦中，這說明對方有著精神類的異能。

「真不虧是超絕的智者，為了對抗我的靈能力，不惜破壞自己的聽力。」那個聲音說。

龍耀抽出了耳後的針灸針，說：「妳是誰？」

詭異的聲音說：「我會告訴你的，但不是現在。明天，我會派人去找你，如果你能通過測驗，我們會成為朋友，到時你將知道一切。」

「在那之前，我首先想知道這紅印到底是什麼？」龍耀舉起手掌。

「那個叫做『靈樹』，是人體被靈種寄生之後，靈力在外部的表現形式。」

「靈種，是指那個人臉形水靈石嗎？」

「對！」詭異的聲音變得有些疲憊，拒絕與龍耀繼續對話，說：「我已經很累了，我們明天再見吧！」

詭異的聲音消失了，四周又恢復了平靜，只有潮水仍在嘩響。龍耀看向了葉可怡，說：「那是妳的上司？」

「哼！無可奉告。」葉可怡還在為剛才的事而生氣。

「王老闆知道妳有這種能力嗎？」

「他不知道。」

「是不是每一個靈能力者的能力都不一樣？」

「對！」葉可怡不假思索說完，又突然想起了什麼，說：「不要再套我的話了！我什麼都不會告訴你的。」

在接下來的宴會裡，葉可怡一直躲著龍耀。而龍耀則沉默不語，思索著神秘人的話。

等到了晚宴散席的時候，王老闆和老周已經醉倒了，沾酒即醉的林雨婷陪了一杯，也搖搖晃晃的站不住了。

葉可怡扶起了林雨婷，和龍耀一起走出別墅。

「明天來找我的人，是不是妳？」龍耀突然問。

「不是。」葉可怡肯定的說。

「也就是說，你們還有一名靈能者？」

「哼！又套我的話。」

葉可怡把林雨婷塞進車裡，瞪了龍耀一眼便回去了。

龍耀看了一眼爛醉的林雨婷，只好自己坐到駕駛座上，用手機登錄了汽車網站，快速讀完駕駛教程，然後開上車返回了家中。

沈麗早在家裡等得哈欠連天了，但一看到龍耀扶著林雨婷進來，馬上像打了興奮劑一般的跳了起來，說：「兒子，你把她灌醉了？」

「是她自己喝醉的。」龍耀一張嘴說話就是一口酒氣，差點噴翻沈麗。

沈麗伸手掩住鼻子，說：「這麼大的酒味，你還敢說不是。」

「反正不關我的事啊！讓她睡我的房間好了，我去書房待一晚上。」

沈麗臉上浮現出一絲壞笑，說：「她一身的酒臭味，睡前應該洗洗啊！」

龍耀奇怪的看了看一眼媽媽，說：「她醉成這個樣子了，還能洗得了澡嗎？」

「嘿！嘿！她不能，但你能啊！兒子，你懂得——」沈麗拍了拍龍耀的肩，壞笑著回臥室去了。

「妳真的我親媽嗎？」龍耀的嘴角抽搐了兩下，扶起林雨婷扔進了臥室。

龍耀坐進了書房裡，思索著今天的故事。自己果然不是個例，有許多同類的人，而且很明顯

那些人已經結成了組織。他們一面保守著靈能的秘密，一面嚴密監視並篩選新入者。

現在，最好的策略是與他們結成聯盟，否則自己很可能遭受到圍攻。

龍耀思索著打開了針盒，把針灸針藏在衣服各處，讓自己隨時可以拔針。然後，他開始通過網絡搜索「格鬥技巧」，用了大半夜的時間去學習和領悟，以應對將來可能遇到的身體衝突。

不過龍耀清楚的知道這些並不會起太大的作用，因為對方的能力可能比自己的更適合戰鬥。比如葉可怡的能力很可能是身體強化，所以她才會一拳打碎混凝土的牆壁，如果不是龍耀出奇制勝的話，很可能會被接下來的一拳打得失去行動能力。

而那個沒有露面的詭異聲音的主人，她的精神能力更是讓人防不勝防，如果當時她不是控制龍耀去拔針，而是控制他去自殺的話，那龍耀恐怕已經回不了家了。

當龍耀回想起這一段時，心中還有幾分殘餘的寒意。龍耀起身站到了子夜的窗前，看著街頭稀稀落落的燈火，思考怎樣才能應付這種局面。

龍耀抄手站在窗前，自問：「現在我最需要什麼？」

沉默了五分鐘，龍耀回答說：「我最需要的是幫手！」

幫手！幫手啊！龍耀歎息著趴在了窗臺上。

龍耀現在的角色就像是「諸葛亮」，雖然心中有千韜萬略，但如果沒有關羽、張飛、趙雲為他實施，那他最多也只能擺擺「空城計」嚇唬人。

可要找合適的幫手談何容易啊！現在龍耀只知道四名靈能者——他自己、葉可怡、詭異聲音的主人，還有明天來接他的人。

與這三人成為同伴的可能性都不大，所以他必須找到其他靈能者，或者實力與靈能者對等的人。龍耀思考了半個小時，嘗試找到可能的幫手，甚至想過雇傭職業殺手，但最後還是放棄了。

「算了！先把手頭的事忙完吧！」龍耀打開了電腦，起草了一份報告書，是關於 IOG 新技術立項的。

然後，龍耀拿著這份報告書，來到了自己的臥室，赫然看到林雨婷躺在地板上，衣衫不整的繼續睡著覺。

「睡相真差。」

龍耀把林雨婷抱起來，想將她丟到床鋪上。但沒想到林雨婷忽然一把摟住了他，連帶著他也身體也失衡趴倒了下去，正好將臉埋在林雨婷大開的胸前。

林雨婷被這麼一折騰，從宿醉中甦醒了過來。她第一眼便看到龍耀趴在胸前，搖晃著腦袋在

向乳溝裡蹭。

「啊——」林雨婷驚叫了一聲，揚手打向了龍耀。

龍耀的身體本能的做出了防禦反應，「啪」的一針刺在林雨婷肩膀上，將她的手臂定在半空中。就在林雨婷高舉的手臂靜止住時，她肩膀上的衣帶「啪」的一聲崩開了，白色的胸罩慢慢滑脫了下來，露出兩隻粉嫩嫩的「小白兔」。

龍耀端著下巴仔細觀察了三秒鐘，然後伸手為林雨婷整理好衣領，將那對潔白的小兔子掩在了衣後。

「今天，讓王老闆引薦妳去見市長，妳務必讓市長當面看完報告書。看過這份報告書之後，我相信他會以最快的速度立項，然後妳就可以籌辦公司的建設了。」

龍耀像是沒事人一般的說完，然後以迅雷不及掩耳之勢拔出針灸針，「嗖」的一聲竄出了危機四伏的臥室，身後同時傳來雷鳴一般的哭叫。

沈麗被從睡夢中吵醒了起來，抱著真正的兔子走進客廳，一邊撫摸著柔順的兔子毛，一邊看著倚在門上的龍耀，說：「大清早的，你們在鬧什麼啊？」

「呃！大概是她看到蟑螂了吧！」龍耀說。

「我們家有蟑螂嗎？」沈麗走進了龍耀的臥室，見林雨婷瑟縮的躲在床角，哭得跟個淚人似的，便問：「不就是一隻蟑螂嘛！不至於哭成這樣吧？」

「唔！龍耀他欺負我。」林雨婷委屈的說。

沈麗的眼睛放射出興奮的光，起床的困乏感頓時一掃而空，追問說：「他對妳做什麼了？」

「他，他，他……唔唔唔……」林雨婷感覺說不出口，而且也沒法說清楚，便說：「我已經嫁不出去了！」

「哦……」沈麗的臉上蕩漾著興奮的光，一副唯恐天下不亂的樣子。

在客廳裡，龍耀給自己泡了一碗麵，大喊說：「媽，別聽她胡說！我什麼都沒做。」

聽到龍耀說得這麼無情，林雨婷哭得更厲害了。

就在這時候，門鈴聲急促的響了起來，龍耀端著泡麵打開了房門。門外站著一個陌生的女孩，穿著與龍耀同樣學校的校服。女孩滿面笑容的看著龍耀，擺出一副老朋友的樣子。

龍耀一邊嚼著麵條，一邊端詳著女孩子。女孩的美麗是屬於那種健康活潑型的，臉蛋絲毫不亞於林雨婷，而矯健的身材則要比林雨婷好上一級，至少胸部要明顯的大於那個愛哭鬼，不過她缺少林雨婷的那種雅致的書香氣質。

龍耀的眉頭皺緊了起來，像這種相貌等級的女孩子，肯定是學校裡的風雲人物，他是沒有理由不認識的。但現在龍耀就是記不得了，連一絲一毫的印象都沒有。

最後，龍耀不願再浪費腦細胞了，直接問說：「妳認識我嗎？」

女孩的臉色一下子暗淡了下來，從衣領裡取出一塊小玉墜，說：「是我啊！」

「噗──」龍耀將嘴裡的泡麵噴了出來，彎腰劇烈的咳嗽了起來。

「啊！龍耀，你沒事吧？」女孩趕緊上前了幾步，給龍耀拍起背來了。

「班長，妳整容了嗎？」

「真失禮啊！這才是我本來的樣子啊。」

「草雞變鳳凰啊！有這種級別的臉蛋，妳還藏個什麼勁啊？」

「我不想太引人注目。」

「為什麼？」

班長看了看左右的街道，推著龍耀走進了門內，然後拉高了制服裙襬，露出光潔的長筒絲襪。

「唔！妳要幹什麼？」龍耀不好意思的把頭轉向一邊，生怕這時沈麗闖出來碰到。

「看過來啊！」班長把龍耀的頭掰了回來，將他的視力壓低到大腿上。

龍耀勉為其難的向裡面看了一眼，眼珠子猛的瞪得如同剝了皮的鴨蛋，「哇！帶蝴蝶結的粉色小內褲，我還以為這種東西只存在於二次元呢！」

班長的俏臉一下子紅了，說：「不准看那地方！向下看。」

龍耀又瞄向了班長圓潤的大腿，赫然看到左腿上的有一個圖案——一棵鮮紅色的靈樹，樹上還有一張哭臉。

龍耀的大腦立刻冷靜了下來，馬上生出了兩個難掩的疑惑：第一，班長是一名靈能力者，但卻看不出她身上的靈氣，這與葉可怡的情況很不同；第二，班長身上的靈樹很大，下面的根鬚密佈，而上面的樹杆竟然分叉了。

龍耀根據當前的情報，做出了一個大膽的推測——班長很可能是資深的靈能者，可以隱藏自身的靈氣，而樹的生長情況則暗示著靈力的大小。龍耀想到這裡的時候，腰更低的彎了下去。

班長被龍耀看得有些不自在，慢慢的放下裙襬想就此結束。但龍耀還沒有看清楚細節，所以鑽在裙下不出來了。

龍耀獲得超高智商後的一大缺陷，就是每當深入思考的問題之時，會不自覺的忽略其他事

物。能彌補這一缺陷的唯一方法，就是找一個合格的夥伴為他掠陣，可惜現在並沒有這麼一個人在身邊。

正當龍耀專注於班長的大腿時，眼睛紅紅的林雨婷走了出來。

「對不起，龍耀，剛才是我太衝動……呃……」林雨婷剛想說幾句軟話，忽然看到龍耀在鑽裙子，於是嗓音立刻拔高了起來，說：「龍耀，這女人是誰啊？」

龍耀從裙子下鑽出了頭，說：「她是班長。」

「啊！去死吧！你這個花心大蘿蔔。」林雨婷抓起桌子上的胡蘿蔔條，劈頭蓋臉的丟在龍耀頭上，然後嚶嚶嗚嗚的跑回了臥室，說：「媽，妳看看龍耀在幹什麼？」

沈麗抱著兔子走進了客廳，兔子見胡蘿蔔撒了一地，便跳到龍耀腳旁吃了起來。

沈麗嘴角抽動了兩下，說：「我好不容易才勸好她，你怎麼又節外生枝啊？」

「這可不關我的事啊！」龍耀有些無奈的聳了聳肩，說：「她怎麼叫妳媽媽啊？難道妳收她當乾女兒了？」

「當然不是了。」

「那為什麼啊？」

「這可是媽媽運用了高超交涉手段的結果。至於其中的原因嘛，你日後就明白了。」沈麗故作神秘的一笑，又看向一旁發怔的班長，說：「這女孩又是誰啊？」

「這是班長。」龍耀說。

「咳咳！難道我沒有名字嗎？」班長不悅的說。

龍耀像是電腦死機般的一滯，搜腸刮肚的回憶了好一會兒，始終沒有想起班長的名字。

「呵呵——」龍耀尷尬的笑了起來。

沈麗揚起巴掌拍在他後腦勺上，教訓說：「有你這樣泡妞的嗎？連名字都記不住，就帶到家裡來了。」

「我才沒有泡呢！」龍耀反駁說。

班長尷尬的咳嗽了一聲，自我介紹說：「阿姨，妳好！我叫葉晴雲，來找龍耀有點事，要跟他出去一下。」

「哦！約會？」沈麗吃驚的說。

「不！只是一起去上學。」龍耀強調。

葉晴雲理了理額前的瀏海，低聲提醒：「龍耀，今天是週六。」

「呃！」龍耀頓時卡住了。

沈麗露出一絲壞笑，說：「連謊都不會撒！你還敢腳踏兩條船。」

「媽，妳不要胡說。」龍耀尷尬的咳嗽了一聲，拉起葉晴雲就出了門。

# 007 天使降臨

還是那條熟悉的上學路，還是那些熟悉的建築物。

龍耀在這條路上孤獨的走了十一年，終於在今天找到了一個一起同行的夥伴，而且還是一個讓路人紛紛側目的靚麗少女。

但是龍耀沒有半點喜悅之情，因為敏銳的第六感告訴他，旁邊的這個女人不單純。

葉晴雲與龍耀並肩走在一起，俏臉上掛著幾分羞澀的浮紅，垂著頭好像在數腳下的石階似的。

「班長，妳跟葉可怡是什麼關係？」龍耀突然開口問。

葉晴雲稍微一呆，說：「她是我的姑姑。」

「妳就是昨晚那個精神能力者派來接我的人嗎？」

「是的！」

「我早就被妳盯上了嗎？」

「沒有！我是昨天看到你手上的靈樹，才確定你也是一名靈能者。」

「這世界有很多靈能者嗎？」

「數以千計。」

「靈能者分成很多相互對抗的組織嗎？」

聽到這句問話，葉晴雲暗吃了一驚，但聯想到龍耀的智商，馬上就平靜了下來，說：「是的。」

「你們想拉我入夥？」

「是的！」葉晴雲點了點頭，又補充了一句：「我們是正義的。」

「正義？」龍耀感覺想笑，說：「正義是什麼？」

「呃……」葉晴雲一時語塞了。

龍耀也不願在這個概念上浪費時間，轉了一個話題說：「為什麼靈樹上臉的表情不同？」

「跟靈能者的能力類型有關。」

「妳了解多少？」

「憤怒的臉表示是『強靈系』，強者總是用憤怒去面對現實，他們的靈能都帶有強攻性質，比如：骨骼強化，高速刺殺；哭泣的臉表示是『智靈系』，智者總是用悲傷去憐憫世人，他們的靈能都帶有輔助性質，比如：快速治療，預知未來。」

龍耀等了一會兒，見葉晴雲沉默了，便說：「還有呢？」

「沒有了！」

「那我身上的這是什麼？」龍耀舉手亮出了靈樹，樹上有一張大笑的臉。

「我從來沒有見過歡笑的臉，也想不通有什麼人能一直笑面世界。」葉晴雲搖了搖頭，說：「不知道這是哪一方面的強化。」

「強化是怎麼一回事？」龍耀說。

「強化是一種基本的屬性，強靈系的都會強化體力，智靈系的會強化智力，強化的幅度在百分之一到百分之百之間。」

「才提升這麼一點？」龍耀有些疑惑的問。

「這已經不少了！如果普通人的體力是一百，而靈能者的體力強化了百分之五十，你覺得一個靈能者能對付多少個普通人的圍攻？」

「一點五個吧。」龍耀半開玩笑的說。

「你的數學計算很準確，但可惜答案是錯誤的。」葉晴雲看向了龍耀，將雙手的十指叉開，說：「十個。」

「咦？！」龍耀的眉頭皺了起來，沒想到差距會這麼大。

「體力一百五十的人能對付十個體力一百的人，這就是實戰和理論的不同之處。」葉晴雲露出一抹微笑，又說：「再比如說，普通人的智商是一百，而靈能者的智商強化了百分之五十，你覺得一個靈能者能對付多少個普通人的計謀？」

龍耀吸取了上一個問題的教訓，捏著下巴思考了一會兒，說：「這就很難說了，智商一百五十的人，已經算是天才了。可能一萬個普通人的智慧，也比不上一個天才的思維。」

「是的！看似提升一點基本屬性，其實差距會變得非常大。」葉晴雲點了點頭，又說：「基本屬性的提高程度，反應了靈種與宿主之間的契合度。一般來說，強化的程度在百分之三十以下，極少有提升到百分之五十的案例。」

龍耀輕輕的點了點頭，問說：「那我的提升幅度約有多少？」

「你……」葉晴雲扭頭看向龍耀，在心中醞釀了一會兒，才說：「你很可能是史無前例的超高提升度——百分之一百。」

「有這麼高嗎？」龍耀的嘴角抽動了兩下，說：「妳估計的起點是不是太低了，難道妳當以前的我是笨蛋嗎？」

「沒有！我當以前的你是一個普通人，而現在的你智商要在二百以上，所以我才說提升了百分之一百。」

「智商二百？」

葉晴雲沉默了一會兒，又說：「但我不知道你獲得了什麼靈能力。」

「智商提升不算靈能力？」

「那只是基礎屬性。靈能力是額外獲得的異能，是由靈種自身決定的，被寄生的人不能選擇。」

龍耀思索了一下，要說獲得的異能，那就是第六感了。自從手上長出靈樹後，他的第六感日漸敏銳，能感覺到許多以前感覺不到的東西。

但龍耀不打算告訴葉晴雲，他要把自己的靈能留做底牌。多疑也是高智商的副作用，龍耀現在很難相信別人，與人交流時總是心存防備。

這正應驗了沈麗說的，變聰明了就會變得不快樂。

龍耀看到葉晴雲正期待著他的回答，便裝作沒事人一樣的搖了搖頭，說：「我不知道啊！除了智商提高，我沒有發現別的。」

「哦！也許是還沒有覺醒吧！」

「妳知道的挺多嘛！妳成為靈能者多久了？」

「三年了。」葉晴雲神色有些黯淡，說：「三年前，我的老家也下了一場大雨，身邊有同學變成了靈能者。」

「有一個叫枯林會的組織突然出來了，他們使用殘酷的手段獵殺靈能者。」

龍耀觀察著葉晴雲的表情，說：「出什麼事了？」

「枯林會是一個什麼樣的組織？」

「一個由資深靈能者組成的組織。」

「咦！那他們為什麼要同類相殘？」

「因為一個靈能者被殺死後，靈氣就會從靈樹中釋放出來，而另一名靈能者可以吸為己有。枯林會會選擇一名有資質的人，讓他吸收掉所有靈能者的靈氣，最後吸收他成為新的會員。」

龍耀愣了一下，說：「也就是說，每次只有一名靈能者可以倖存？」

「對！不過很幸運，我也活了下來。」葉晴雲傷感的說著說。

「為什麼？」

「與枯林會對立的靈樹會，在關鍵時刻救下了我。救援小隊的隊長就是我的姑姑葉可怡，直到那時我才知道姑姑的真實身份。」

「然後，妳就加入了靈樹會，隨姑姑來到了本市，隱姓埋名的住了下來。妳覺得靈樹會是代表正義，而枯林會則是必須被消滅的邪惡？」

「是的。」

「哦！」龍耀點了點頭，又問：「靈種是從哪裡來的？」

「不知道！有傳說是異世界神樹上的果實，會通過風暴之門穿界而來，隨機降落到人間界。」

「每次會降落多少粒？」

「數量在一百粒左右。」

「那就是說一次會誕生一百名靈能者？」

「但存活率卻非常的低。三年前的那次靈種降臨，除了加入靈樹會的我以外，還有一名加入枯林會的人存活。」

「百分之二的存活率。」龍耀捏著下巴思考了起來。

葉晴雲看著他的側臉，說：「你是不是在想，你一定會存活？」

「呵呵！不是一定『會』存活，而是一定『要』存活，我會想辦法存活下去的。」龍耀看到葉晴雲的表情很嚴肅，就逗笑的又補充了一句，說：「再說連妳這樣的笨蛋都能存活，我沒有理由無法存活吧？」

「哼！」葉晴雲生氣的哼了一聲，說：「這麼說，你為了存活，會不擇手段？」

「我儘量採取平和的手段。」

「只要為了存活，要你加入枯林會，也無所謂嗎？」

龍耀嘴角露出一抹微笑，說：「我會儘量避免與妳為敵的。」

「那你就加入靈樹會吧！」葉晴雲挽住了龍耀的手臂，像是熱戀中的情侶一般。

這一舉動引得擦肩而過的男人紛紛回頭，一起向龍耀投入羨慕嫉妒恨的灼熱目光。

但龍耀卻沒有半點反應，因為他的注意力被前方的一幕吸引了，直視前方的眼睛像被釘子固定住了一般。

前方就是昨天發生兇殺案的小巷，巷口處立著一根廢棄的電線杆。電線杆大約有十米高，光禿禿沒有連接電線，頂端有一個「T」字形橫樑，上面站著一個歐裔的小女孩。

那女孩看起來約莫有十二、三歲的年紀，穿著一件銀白色的束腰馬甲，馬甲下是一件珍珠色緊身短衫，肩頭上插著一束月桂花，腰下穿著色調一致的銀白色皮裙，腳上的銀色馬靴如同鋼釘一般，牢牢的釘在了電線杆的頂端。

女孩的衣裝邊緣點綴著紫水晶飾品，每一片水晶都是眼睛一般的形狀，整體看起來就像一隻開屏的孔雀。

狂風時不時掀起女孩的紫色長髮，但卻絲毫無法晃動她的身體。

龍耀驚訝的瞪大了眼睛，站在電線杆下不能動彈了。他看到洶湧狂渤的靈氣正從女孩體內溢出，就好像那身體完全就是由靈氣組成的一般。

葉晴雲奇怪的晃了晃龍耀的手臂，又順著他的目光看了看電線杆，問：「龍耀，你怎麼

了？」

「嗯？」龍耀奇怪的看向葉晴雲，說：「妳沒看到電線杆上的女孩嗎？」

「電線杆上什麼也沒有啊！」葉晴雲說。

「呃！」龍耀再看四周的行人，也沒有一個在抬頭看。

小女孩的額頭上戴著一個黃金頭環，頭環中央鑲有一塊透明的紫水晶，水晶下方罩著第三隻眼睛，那隻眼睛就像是躲在黑暗中一般，用詭異莫測的眼神窺視著世界。頭環的下方是兩道纖長的紫色眉毛，眉梢如同天線似的伸到鬢角之外。

在那雙秀眉的下面是一雙紫色的眼睛，嬌媚的眼神能勾起男人無限的欲望，這完全不似一個十二歲的小女孩該有的。普通的人類男子恐怕只要被她看上一眼，就會產生為她心甘情願去死的決心。

不過，龍耀已經不是普通的人類了，他的腦神經突觸已經變異，對感情的控制力遠超常人。所以龍耀不僅沒有被那雙媚眼誘惑，反而還在自己的眼中露出少許堅定。

小女孩顯然沒有想到會出現這種情況，俏麗無比的小臉上露出了稍許困惑，兩個嫩生生的小酒窩浮現在臉頰上。

「龍耀，你到底在看什麼啊？」葉晴雲問。

「呃！沒，沒，沒什麼。」龍耀搖了搖頭說。

葉晴雲已經察覺到了龍耀在隱瞞著什麼，俏臉上悄悄的劃過了一絲可怖的陰霾。但龍耀卻沒有注意到這一點，他依然在端詳那個奇怪的小女孩。

「龍耀，走這邊。」葉晴雲指著小巷。

龍耀不知道是計，走進了殺人小巷。他沿著狹窄的小巷走了約有五百米，依然沒有看到小巷的盡頭。按理說，這條小巷的長度最多三百米，但現在似乎變得無限長了。

「葉晴雲，這是怎麼一回事？」覺察到不妙的龍耀回頭看去，卻發現葉晴雲根本沒跟進來。

龍耀拔腿就跑向了後方，但同樣也找不到出口了。

兩邊都出不去，那只有上面了！龍耀仰頭看向了頭頂的「一線天」，見天空狹長的就像一條白線，也不知兩邊的牆壁變得有多高了。

「該死！」龍耀大罵了一聲。

突然，小巷裡響起了陰森森的笑聲，有一道人影從黑影中走出來。那人長著一張滿是橫肉的臉，手裡提著一把殺豬用的砍骨刀，穿著打扮看起來像是一名屠夫。龍耀一下子就想起連環兇殺案，看來兇手就是眼前的這傢伙了。

「嘿嘿！又有小魚上鉤了！」屠夫笑說。

「你想幹什麼？」龍耀邊退邊問。

「取走你的靈種。」

龍耀暗吃了一驚，馬上明白了情況。這屠夫進行連環兇殺，目的就是搶奪靈種，看來他也是一名靈能者。但讓龍耀想不明白的是，為什麼葉晴雲要出賣他。

龍耀心念急轉了一下，擺出了一副不明真相的樣子，說：「什麼靈種啊？我不知道啊！你是想劫財吧？我包裡還有錢，你全都拿走吧！」

「咦？！」屠夫遲疑了一下。

就在這時，龍耀的身後又走出一個瘦高個，說：「笨蛋，不要被他的演技騙了！只有擁有靈能力的人，才會被我的『蜘蛛穴』困住。」

龍耀見無法欺騙兩人，只好另想辦法應對，鎮靜的轉頭問說：「蜘蛛穴，是你的靈能力嗎？」

「不錯！進入蜘蛛穴的靈能者，永遠也無法找到出口，不錯的狩獵能力吧？」瘦高個得意的

說。

「你們是枯林會的人嗎？」龍耀問。

屠夫高高舉起了砍骨刀，說：「你廢話還真多！去死吧。」

龍耀冷靜的舉起一隻手，說：「慢著！我有很重要的信息，難道你不想聽一下嗎？」

「呃！那你快說。」

「你們是連環兇殺案的兇手吧？至今已經殺掉十名靈能者了？」

「不錯！你就要成第十一個了。」

龍耀微微一笑，說：「那十名靈能者的靈種，應該是被你們平分了吧！但是這一次只有一個人，你們誰想得到我的靈種呢？」

瘦子是智靈系的靈能者，智商明顯要比屠夫高。他馬上就看穿了龍耀的離間計，大叫：「胖子，別聽他胡說！這傢伙的靈種，我讓給你了。」

龍耀冷靜的舉起了右手掌，將笑臉靈樹給瘦子看，說：「這樣真的可以嗎？」

瘦子看了一眼龍耀的靈樹，臉上的表情頓時呆滯了，「怎麼會是笑臉啊？」

「呵呵！這可是最稀有的靈種，能把智商提高百分之一百。無論是誰得到這靈種，都會有脫胎換骨的提升。」

瘦子倒抽了一口冷氣，說：「胖子，這人不能隨便殺，把他帶回枯林會，讓頭目來處置他吧！」

屠夫把眼睛一橫，說：「你剛才不是說過了，要把他留給我嗎？」

「但是，情況有變啊！」

「你別想騙我了！你一定是想自己獨吞吧！」

在屠夫和瘦子爭吵的時候，突然一陣風吹進了小巷之中。紫髮小女孩乘著輕風飛入，如羽毛一般落在旁邊。但是，只有龍耀看到了女孩的存在，瘦子和屠夫依然在爭吵著。

小女孩像是透明人似的彎下腰，好奇的打量著龍耀手上的靈樹。

龍耀已經意識到了別人看不到這女孩，猜測她可能是擁有隱身能力的靈能者，便說：「喂！這裡很危險的，妳趕緊回家吧！最好順路幫我報一下警，事後請妳吃棒棒糖。」

小女孩那雙紫色的眼睛和額頭的水晶眼，以相同的頻率眨出了三道驚訝的光，說：「不可能的！人類沒道理能看見我，這人是在自言自語吧？」

「我在對妳說話。」龍耀伸手想要碰觸小女孩，但手指卻穿過了對方的身體。

小女孩愕然的低頭看向胸脯，見龍耀的手正好穿過中央。龍耀的表情更是驚訝的無以復加，弄不懂對方到底是什麼身份了。

「喂！你在幹什麼？」屠夫見龍耀有異常的舉動，便舉刀直砍向了他的頭頂。

龍耀收攏起所有的注意力，緊緊的盯住了屠夫的刀。突然之間，世間的一切都放慢了，刀劃著青光落了下來，中途切開了幾滴雨點。屠夫手臂上的脂肪因慣性甩動了起來，沾在汗毛上的汗珠紛紛的飛起。

龍耀像是觀看慢鏡頭似的看著這一切，看準了對手動作中的一處空隙，拔出一根針灸針刺向了對方的眉心。

可就在這時候，身後的瘦子突然撲來，一把抓住了龍耀的手臂。龍耀的手歪到了一邊，針灸針刺偏在屠夫眼上。本來以人眼水晶體的硬度，是可以擋下柔韌的針灸針的。但龍耀卻急中生智，靈巧的活動著手指，用螺旋勁扎下了針灸針。

「啊！」屠夫發出一聲撕心裂肺的慘叫，胡亂揮著砍骨刀摔倒了下去。

但瘦子卻趁機制住了龍耀，將他狠狠的摔在了牆壁上，接著掏出腰後的匕首便刺。龍耀忍痛向著旁邊一閃，但手掌卻被匕首釘在了牆壁上，血水如虹一般的噴向了小女孩。

透明的小女孩本來不會碰到任何東西，就連天空中的雨滴都會穿身而過，但突然就被鮮紅的血水染遍了前身。小女孩驚訝的向後連退三步，愕然的摸了摸臉上黏糊糊的血水。

「可惡！」小女孩生氣的跺了跺腳，說：「人間真是太污穢了。」

小女孩抖動了一下纖細的肩膀，緊身的束腰馬甲發出一聲裂響，三對巨大的翅膀從背後伸出。那三對翅膀上鋪滿了紫色的羽毛，每一根羽毛的翎尾處有一隻眼睛，幾千雙眼睛如同螢火蟲般閃爍著。

小女孩用翅膀扇動起巨大的風壓，猛的衝向了頭頂的一線天空。龍耀呆呆的看著這神奇的一幕，已經完全忘記手背被貫穿的疼痛了。

屠夫終於止住了眼睛的疼痛，但受傷的眼睛已經失明了。他努力睜大僅剩的一隻眼睛，瞄準龍耀的脖子揮刀砍下。

「等一下！不要殺他。」

瘦子又從腰後拔出了一支匕首，「噹」的一下格擋在砍骨刀上。但智靈系的體力與強靈系果然差了許多，瘦子像是空罐似的被崩飛了出去。

「他弄瞎了我的眼睛，我一定要殺掉他。」

屠夫再次砍下了砍骨刀，刀鋒切進了龍耀的脖子。

龍耀側頸上的動脈被一劃而斷，鮮血如噴泉一般的湧了出來，下一秒鐘腦袋就要離開肚子了。

# 008 通靈契約

就在龍耀的頭顱要搬家的時候，忽然一股極強的靈氣從天而降。小巷裡好像被灌進了數噸砂子，屠夫和瘦子都無法抗拒的被壓倒在地上。

小女孩劃著紫色的閃電落下，身後飄散著幾根凋落的羽毛。「噗」的一聲悶響，小女孩的皮靴踩在了屠夫後背上，踩得屠夫發出肥豬似的一陣哼叫。

龍耀因為頸部大動脈被切斷，半邊身子已經被染成了血色，大腦已經到達了休克的邊緣。如果龍耀此時躺在急救室裡的話，那醫生已經可以在死亡證明上簽名了。

但神奇的是當小女孩接近時，龍耀又睜開了模糊的雙眼。他隱約看到小女孩站在近前，而且她的頸動脈也在不斷出血。

雖然小女孩受到一樣的重傷，但她卻沒有表現出彌留之相，反而一副生龍活虎的樣子。

「可惡！為什麼我要跟著倒楣啊？」小女孩生氣的抱怨了一聲，從肩頭抽出了那束月桂花，唸著咒語掃過龍耀的傷口。

就好像時間的長河開始倒流了一般，龍耀和小女孩的血倒流回傷口，然後傷口以肉眼可見的速度癒合了。正當龍耀為此驚訝的時候，小女孩拔出他手上的匕首，張嘴咬在鮮血淋漓的傷口上，飽飽的吸入了一口鮮血。

「哇！妳是吸血鬼啊？」龍耀驚訝的叫。

「呸！不要把我跟那種低等生物相提並論。」小女孩嘗過味道後，便將鮮血吐了出來，說：「你的血中為什麼有異常的能量？」

「嗯？」龍耀聽後稍微有點吃驚，因為這跟他的推測不同，「妳難道不是靈能者？」

「靈能者是什麼？」

「這個……」

龍耀亮出了手掌上的靈樹，想要給小女孩解釋一下。但他突然發現了奇怪的一幕，靈樹的外圍被圈上了一個圓環，圓環上畫有許多奇怪的密文，密文沿著順時針的方向輕轉著。

「通靈召喚陣？」小女孩的三隻眼睛一下子瞪圓了，急忙低頭去看自己的手掌心，見手上有一只相同的密文圓環，但圓環的中央沒有靈樹的圖案。

「喂！這是什麼情況？」龍耀小心的問。

小女孩突然暴走了起來，雙手扼住龍耀的脖子，大吼：「混蛋，你是通靈師嗎？怎麼不早點說？」

「呃……我是通靈師嗎？」龍耀驚訝的重複了一遍，說：「原來如此啊！笑臉靈種代表的是通靈系。」

龍耀被小女孩扼得有點喘不動氣，剛想求饒讓她把手鬆開一點。但沒想到小女孩的氣更短，自己先漲紅著臉咳嗽了起來。

龍耀仔細觀察著這一情景，說：「莫非我受到什麼傷，妳都會同樣受到傷害？」

「對等的！我受到的傷也會映照你的身上。」小女孩說。

「啊！這究竟是怎麼一回事？」

小女孩思考了一會兒，最後似乎拿定了主意，說：「好吧！反正我是來調查靈魂污染事件的。既然被你強制簽訂了契約，那我就藉機踏入人間界吧！」

小女孩猛的跺了一下小皮靴，身下的屠夫又是一聲慘叫。一枚巨大的召喚陣浮現了出來，將龍耀和小女孩都籠罩在其中。

小女孩單舉起右手，憑空抓住了一把鐮刀。那是一柄比她還要高的鐮刀，銀色的長柄上鐫滿了符文，彎曲的刀刃是由飄浮的碎水晶組成，就像是夜空中飄渺的星雲似的。星雲正中的漩渦裡，有一隻紅色的大眼球。眼球不斷轉動著觀察著四周，眼神中透露出饑渴和貪婪。

「血肉之軀，皆如草木。」

「人的榮耀，亦如草木。」

「草會凋零，木會枯萎。」

「唯有死亡，才是永恆。」

小女孩唸完了一段咒語，四周立即湧起強勁的風，靈力如同洪水一般襲來，沖激得龍耀不斷搖晃。

小女孩單膝跪倒在召喚陣中，面帶恭敬之情的說：「吾，智天使階副長，月亮的掌管者，靈魂的引渡者，邪眼的擁有者——月天使莎利葉，響應召喚入世，宣誓效忠於通靈師……」

莎利葉抬頭看向發呆的龍耀，龍耀馬上反應了過來，說：「龍耀。」

「——宣誓效忠於通靈師龍耀，締結血肉，連通靈魂，共享力量，分擔傷疼。」莎利葉向龍耀伸出一隻手。

龍耀有些莫名其妙的看著，不知道接下來該做什麼。

「笨蛋，你在等什麼啊？身為一名通靈師，難道不知道儀式嗎？」莎利葉低罵。

龍耀聳了聳肩，說：「真不知道。」

「唉！吻我啊！」

「啊……呃！好吧。」龍耀好像下了很大的決心，彎腰捧起了莎利葉的臉，但卻被狠狠的抽了一耳光。

「笨蛋，吻手就好了。」莎利葉臉頰紅紅的說。

「妳不早說！浪費我的感情。」龍耀揉了揉紅腫的臉頰，伸手托起莎利葉的纖手，輕吻了一下柔嫩的手背。

嘩啦啦一陣響，一條由靈氣構成的紅色鎖鏈，從兩人手掌中扯了出來。那鎖鏈沒有重量和實體，但卻有金屬一般的牢固感和水氣一般的靈動感。

「鎖鏈代表契約最終完成！自此之後，永無背叛，生則同生，死則同死。」莎利葉說完，望

向了龍耀。

龍耀沒有表現出興奮的樣子，反而捏著下巴思考了一下，說：「如果我老死了呢？」

莎利葉稍稍怔了一下，說：「你的思考切入點，還真是出人意料。」

「妳既然是天使，那麼不會衰老吧？不！我不應該用疑問句，而應肯定的說『妳不會衰老』，妳少女的外表就是最好的證明。」

「好吧！我的確不會衰老，不過你也不用擔心，因為你也不會老了。」

「咦？！」

「我不是說過會分享力量嗎？不會衰老是最基本的力量。」

「別人修仙求道才能長生，我竟然平白撿一個了不老。」

「好好感謝我吧！」莎利葉得意的噘起了小嘴，又說：「說明一下我們的契約內容：你幫我解決靈能者靈魂被污染事件，而我在這段時間裡作為召喚靈供你使役。」

「明白了。」龍耀點了點頭。

屠夫發揮強靈系的力量優勢，掙扎著從靈氣中站了起來。而莎利葉就像是一朵蘑菇似的，緊緊的「扎根」在屠夫背上，保持著站姿橫躺在了半空中。

看到莎利葉無視地心引力的姿態，龍耀的嘴角禁不住抽搐了起來。

同時，龍耀也感到了一絲安心，因為他找到了合適的夥伴，一個可以把後背交給她的人。雖然莎利葉不是靈能者，但卻比靈能者更加可靠。

屠夫揮著砍骨刀，大吼說：「混蛋，你用了什麼妖法？」

龍耀並沒有因為屠夫想殺他，而產生一絲一毫報復的情緒，而是像機器一般的做出冷靜的判斷，說：「胖子，我有事要問你。」

「休想！我什麼都不會說的。」

「那你可以死了。」莎利葉將無形的鐮刀套在屠夫脖子上，「嗖」的一刀將腦袋削飛了出去。腦袋滴溜溜的滾到了瘦子面前，嚇得他臉色變得如同窗戶紙一般白。

「喂！妳怎麼可以這麼輕易就殺人？」龍耀質問。

「對誤入歧途的人類，我從來不會手軟。」莎利葉說。

「妳不是人類靈魂的引渡者嗎？為什麼對人類毫無憐憫之情？」

「人類對自己家養的狗百般寵愛，但對胡亂咬人的野狗會留情嗎？」

「天使和人類的差距，就像人類和狗嗎？」

「還要大的多。」

「舉例來聽聽。」

「比如說狗和人類生存在三次元，而天使卻是更高次元的生命。」

龍耀只是想搞明白原理，沒想過為人類爭什麼權利，聽說天使是更高次元的生物，便心悅誠服的點下了頭，說：「原來如此啊！」

「你跟我以前遇到的人類不同，以前的人類總喜歡強詞奪理，強調自己種族的各種權利，但卻從來不去反思一下自己的實力，是否擁有享受各種權利的資格。」莎利葉的三隻眼睛好奇的端詳著龍耀。

「爭執是沒有意義的，實力才能保證權利。不過這種哲學層面的問題，我們等到閒暇時再談。」龍耀看向了瑟縮成一團的瘦子，說：「現在要處理的是這個人，但願胖子的那顆腦袋，能讓他明白自己的處境。」

瘦子抱著屠夫的腦袋，用驚恐的眼神看著龍耀，說：「你的靈能力是意念殺人嗎？」

因為莎利葉一直處於隱身狀態，所以瘦子並不知道屠夫死亡的真相，所以才有這種貌似合理的推測。

「這傢伙不殺掉嗎？」莎利葉問。

「不！留個活口問話。」龍耀說。

瘦子更加驚恐了，說：「你為什麼一直在那裡自言自語？難道你是人格分裂患者？」

「哈哈！連環殺人犯也會害怕人格分裂者嗎？」

龍耀向前踏近了幾步，莎利葉緊跟在後面。

「你不要再過來了。」瘦子驚恐的喊叫。

「告訴我，你們一共有多少人？」龍耀觀察著瘦子的表情，決定再稍微增加一點壓力，便說：

「否則……」

「否則就挖掉你的眼睛餵狗。」莎利葉說。

龍耀看了一眼兇殘的小丫頭，然後才平靜下心神說：「對！否則就挖掉你的眼睛餵狗。」

「啊！你果然是精神分裂啊！」瘦子全身哆嗦起來。

「快點說！我的耐心很有限的。」

「我們一共就七個人，頭目是枯林會的高手，剩下六人是新靈能者。」

「為什麼只有你們成為連環殺人犯，而另四個新靈能者卻沒有消息？」

「他們的實力比我們強，有能力消滅犯罪證據。」

「你們各自的實力如何？」

「靈能者共分為十個檔次，我和胖子是LV1 ，另四人在LV2 上下，頭目自稱是LV4 。」

「按什麼標準劃分的等級？」

「靈能的開發和運用能力，LV1 是微靈能者，能輕易擊敗普通人；LV2 是低靈能者，能戰勝一隊受過訓練的人；LV3 是大靈能者，能對抗荷槍實彈的小型軍隊；LV4 是強靈能者，在大規模作戰中有重要價值。LV4 以下的靈能者占了大多數，LV5 以上的高手非常稀少，所以我不知道LV5 以上的標準。」

龍耀回頭看了看一臉淡然的莎利葉，不知道她的實力相當於多少級靈能者。

「下一個問題，你認識葉晴雲這個人嗎？」龍耀說。

「沒聽說過。」瘦子搖著頭說。

龍耀輕輕的點了點頭，又說：「你們的基地在哪裡？」

「這……」瘦子有些膽怯了。

「快說。」

隨著龍耀的這一句逼問，莎利葉將鐮刀壓了下去，瘦子的眼眶邊緣被劃破了，血水湧進了眼睛之中，眼白被染成了鮮紅色。

「啊！我的眼睛好像被刀割了，你的靈能力到底是什麼？」

「少說廢話！現在是我發問的時間。」

「基地在，在，在……」

就在瘦子要吐露秘密的時候，忽然一隻手從牆壁中伸出，一把扼住了龍耀的咽喉。莎利葉眼疾手快的揮出鐮刀，一刀將那隻手臂挑斷飛向了天空。手臂高高的飛了起來，然後摔落在了小巷中。但奇怪的是斷面十分平滑，沒有一點流血的痕跡。

忽然，腳下的水泥路中伸出幾十隻手臂，像是饑渴的盲鰻似的一陣亂撲騰，有些甚至互相纏繞在了一起。

龍耀下意識的向後急退了一步，讓他出乎意料的是身體輕了許多，一步便躍出了大概二十多米。龍耀推測這是結下契約的原因，他共享了莎利葉的天使之力，身體素質有了大幅度的提升。

「哈哈！我的夥伴來了，你死定了！」瘦子扭曲的笑了起來。

龍耀從袖子裡掏出一枚針灸針，隔著二十多米彈向了瘦子的眉心。

得到了天使之力的加持果然不同，如果以前，龍耀只能近距離的扎針。

「啊……」

瘦子發出一聲淒厲的慘叫，接著被幾隻手按住了嘴。手臂像游魚似的聚集向瘦子身邊，慢慢的融化進了堅硬的水泥地裡。

幽暗的小巷恢復了平靜，好像什麼也沒發生似的。龍耀小心翼翼的走近幾步，用腳跺了跺地面，發現水泥路面毫無破壞的痕跡。

「看來瘦子沒有說謊，他的確是最弱的一個。」龍耀歎說。

「胖子的屍體還在，但雙手沒有了。」莎利葉說。

龍耀扭頭看向屠夫的屍體，腦中快速劃過剛才的記憶，說：「剛才那些手臂不是來自同一人，看來那傢伙的靈能力是掠奪手臂，並可以超越空間限制加以控制。」

「真是噁心的能力。」

「嗯！我也有同感。」

龍耀輕輕的點了點頭，蹲到了胖子的屍體前，慢慢的剝開他的衣服。

莎利葉將鐮刀扛在了肩頭，好奇的蹲在了龍耀身邊，說：「幹嘛？打怪摸裝備嗎？」

「不！剛才有一個女人告訴我，可以用靈能者屍體上的靈樹，加強另一個靈能者的能力。」

「好兇殘的設定啊！這不就是為了讓靈能者自相殘殺嗎？難怪那些靈能者的靈魂都被污染了。」

龍耀剝掉了屠夫的外衣，仔細的檢查過油膩的皮膚，但沒有找到靈樹的痕跡，「他的屍體上沒有靈樹？看來靈樹是在他失去的那幾個部位上。」

「我砍掉他腦袋的時候，沒有在頭皮上發現。」莎利葉搖著頭說。

「他動刀的時候，手臂也沒有靈樹。」

「那還能在什麼部位？」莎利葉疑惑的眨動著三隻眼睛。

龍耀捏著下巴想了一會兒，說：「靈種在碰觸人的身體後，就會趁機寄生在表面，也就是說靈樹不可能藏於體內。如此推斷下來的話，靈樹應該在屠夫的舌頭上，只有這麼一處死角了。」

「咦！好噁心。」莎利葉說。

龍耀邊思考著目前的情況，邊走出了這條恐怖的小巷，沿著寬闊的大街走了一段，突然意識到有些不對勁。

大街上一個人都沒有，空寂的像是一座廢墟。

龍耀看了看前後，說：「不妙啊！我們好像還在『蜘蛛穴』裡面。」

莎利葉猛的揮舞起鐮刀，一刀砍進了街旁的建築裡。那些建築如同畫紙一般的撕開了，但在鐮刀過去之後又密合了起來。

「可惡！這種低等級的幻術，如果換作是以前的我，只要一刀就能砍成碎渣。」莎利葉抱怨說。

「那現在的妳，為什麼不行了？」龍耀問說。

「召喚靈的能力上限取決於通靈師的能量貯備，也就是說你這個廢柴壓低了我的實力。」

「那還真是對不起啊！」龍耀嘴角抽搐了兩下，說：「我會努力提升實力的。」

「嗯！知道就好，孺子可教。」莎利葉懸浮在半空中，將鐮刀橫置在肩頭，說：「不過現在怎麼辦？」

龍耀回想了一下，說：「那瘦子說『蜘蛛穴』是無限延展的空間，不過我怎麼想都覺得這是在吹牛。」

「哦！那你有辦法了？」

「構建這樣的迷走空間，一定很耗費腦力吧！如果我們兩人向相反的方向走，不斷的擴大

『蜘蛛穴』的規模，不知道瘦子的腦會不會爆炸啊？」

莎利葉眨了眨三隻眼睛，說：「你好像比我還狠嘛！」

「妳向後走，我向前走，開始吧！」龍耀吩咐說。

莎利葉張開了三對翅膀，「嗖」的一聲飛掠了出去。

兩人手上的那根象徵契約的鎖鏈猛的拉直了，但鎖鏈的環節卻隨著距離不斷的增加，像是流水似的嘩啦啦的從手中滾出。

雖然以召喚靈的身份踏入人間，自身的力量被削弱了許多，但莎利葉的速度仍遠超人類。當龍耀剛走出一千米的時候，莎利葉已經飛到太平洋上空了。

接著，街道四周的景象開始扭曲，建築像是沙畫似的坍塌了下去，瘦子的慘叫聲突然響徹街道，接著四周的一切都被染成了血紅色。

下一秒鐘，世界恢復了正常，街道又喧囂起來。龍耀站在人流湧動的街頭，轉著圈掃視過三百六十度。

忽然，一輛汽車急停在了龍耀身前，一名滿頭冷汗的司機探出頭來，大罵說：「你神經病啊，站在街上幹嘛？」

龍耀沒有急著向對方道歉，而是冷靜了看了看汽車輪胎，從煞車軌跡上推測出了速度，說：

「這條路限速七十，你剛才開到八十了。」

司機的眼睛一下子瞪圓了，說：「你，你，你不要胡說啊！」

龍耀剛想再說些什麼，忽然葉晴雲鑽了過來，向著冒冷汗的司機說：「抱歉！抱歉！」

葉晴雲推著龍耀離開大馬路，來到一座空蕩蕩的街區公園。

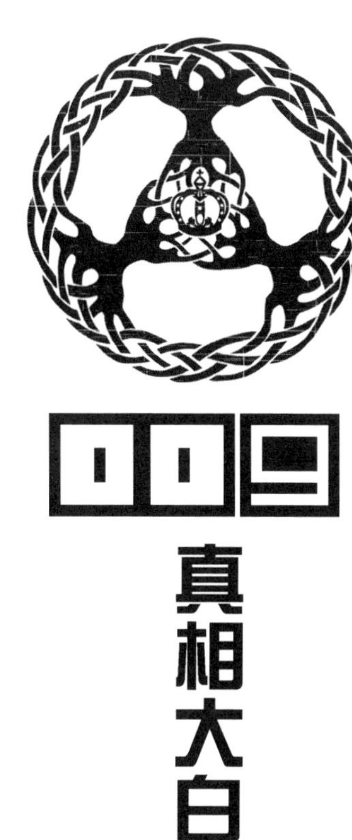

# 〇〇三 真相大白

這座街區公園已經處於半荒廢的狀態，長時間沒有修理的健身器材生滿了鐵鏽，四周的柵欄牆下生滿了野草。

當風貼著地面吹來的時候，濃烈的塵土飄揚而起，雜草和垃圾一起嘩響，營造出一種西部荒漠般的景象。

龍耀坐在吱呀作響的鞦韆上，面容冷峻的望向了葉晴雲，說：「妳究竟想幹什麼？」

葉晴雲有些尷尬的說：「恭喜你通過了測試。」

龍耀的眼睛轉了兩圈，說：「測試的內容是什麼？」

「呃！實力，你有實力成為靈樹會的正式成員了。」

「妳在撒謊！」龍耀毫不客氣的說：「妳的目的是測試我的派別，看我到底是不是枯林會的奸細。」

「那你現在順利出來了，我為什麼還要恭喜呢？」葉晴雲反問。

「哼！如果我沒有估計錯誤的話，妳肯定在我身上放了追蹤設備，知道小巷裡發生的一切。」龍耀一邊檢查著衣服，一邊說著：「剛才走在街上的時候，妳抱了一下我的手臂，當時我就覺得不太自然。」

葉晴雲伸手到龍耀的腋下，從衣服中抽出一根細絲，說：「振魂絲，能傳遞精神感應的靈能道具。」

「哦！這麼說這個計劃是那名精神靈能者設計的？」

「對！」

「她是妳的上司？」

「是的！是我的師父。」

「我聽說靈能者分為十級，她的等級是多少？」

葉晴雲猶豫了一下，說：「LV5 。」

「哦！的確很高。那妳呢？」

「LV4。」

「哦！就入門三年來說，妳的進步也算快。」

「要說進步快，沒人比得上你。」

龍耀怔了一下，說：「這怎麼說？」

「師父已經估測出來了，你現在的等級是LV2.5。」

「怎麼測算的？」

「稀有靈種類型加一級，智商提升百分之一百加一級，擁有高階召喚靈加一級。」

「那應該是LV3。」

「但你沒有經過任何訓練，本身的靈能力太弱了，所以給你減去半級。等你加入靈樹會後，只要稍加訓練就能達到LV3。」

龍耀聳了聳肩，說：「妳不要太一廂情願了！妳說靈樹會代表正義，但我卻從剛才的測試裡，看到了膽怯、醜陋、偽善和傲慢。」

葉晴雲的臉色變得暗淡了一些，說：「對於剛才的事情，我只能向你道歉。但是龍耀你不要太幼稚了，靈種之戰關乎許多人的生死存亡，有時候需要一些人做出犧牲的。」

「於是就將我選為犧牲者了嗎？」

「你現在不是沒有出事嗎？」葉晴雲低著頭小聲的說：「而且如果你在蜘蛛穴裡真有危險，我會不顧一切的衝進去救你的，我的靈能力能百分之一百的保證你平安。」

「那我的家人呢？你們在設定這個計劃的時候，有沒有考慮會牽涉無辜的人？」龍耀看著手中的鎖鏈，鏈條已經收回了不少，推測莎利葉快要回來了，便強硬的說：「夠了！妳已經騙過我一次，我不想再跟妳談了，帶我去見妳的師父。」

「對不起！只有加入靈樹會，才能見我的師父。」

「這樣啊！那就別怪我不客氣了。」龍耀的眼中突然閃過一道寒光，說：「莎利葉，拿下她！」

莎利葉已經飛到了葉晴雲的身後，一聲不響的揮鐮刀斜砍向了她的後背。

葉晴雲不愧是LV4級的靈能者，即使看不到莎利葉的鐮刀，也能感受到危險襲來的方向。她猛的做出了閃避動作，速度快得如同幻影一般。

喀嚓一聲響，鐮刀砍進了水泥地裡，豁開了一條長長的口子。

「咦！」龍耀和莎利葉都愣住了，沒想到對方的速度這麼快。

「繼續！」龍耀冷靜的下達了命令。

莎利葉單手揮起鐮刀，慢慢的走向葉晴雲。葉晴雲聽到了鐮刀擦地的聲音，但卻看不到眼前的殺手，額頭滲出了豆粒大小的汗滴。

就在這時，手機鈴聲突然響了起來，龍耀淡定的接通了電話。

「龍耀，太好了！市長當場就立項了，一億貸款也馬上就到了。」林雨婷興奮的說。

「在我的預料之中。」龍耀淡然的說。

「哼！你的語氣能不能興奮一點啊？」

「妳真囉嗦！我可是很忙的，沒事就掛了啊！」

「等等！等等！今晚你早點回來，我親自下廚煮飯，慶祝走出成功的第一步。」

「妳會做飯嗎？」龍耀有些懷疑的說。

「有媽媽在旁邊指導嘛！」林雨婷羞澀的說說：「對了，你在忙什麼啊？」

龍耀看著退入角落的葉晴雲，說：「這個，妳別管……」

莎利葉在地上拖出一條刀痕，然後慢慢的將鐮刀舉高過頂，斜肩鏟背猛的砍向了葉晴雲。可

下一秒鐘，葉晴雲從眼前消失掉了，只有牆壁被砍出一條裂口。

正當龍耀再度震驚的時候，忽然聽到一聲沉悶的響聲，葉晴雲竟然摔倒在了地上，膝蓋上碰出了一灘鮮血。

「咦！」龍耀的眼中閃過一道精光，似乎已經發現了不對勁。

葉晴雲趴在地上，呻吟說：「啊！好痛啊，流血了。龍耀，求你了，停下吧！」

「喀嚓嚓——」手機聽筒裡傳來一陣咬牙聲，林雨婷突然把聲音提高了八度，「龍耀，你這個混蛋，你在幹什麼啊？」

龍耀沉著的回答說：「沒什麼。」

「你是不是在跟女人鬼混？」

「怎麼可能啊？妳可不要對我媽亂說啊！」龍耀一邊打著電話，一邊晃了晃手指，示意莎利葉繼續。

莎利葉認真了起來，雙手握緊了鐮刀柄，柄上的符文旋轉而生，刀刃放射出紫色的光芒，比原本的形態放大了三倍。

莎利葉高舉起這柄放大了的鐮刀，在頭頂如風車似的旋轉了幾圈，旁邊的樹木和器材一起被削斷，強風吹得沙土向四下翻滾。

龍耀蹲在鐮刀旋轉的死角裡，一手捂著被風壓得生痛的耳朵，一手舉著手機大聲向林雨婷解釋著。

莎利葉舉著鐮刀跳了起來，以鋪天蓋地的氣勢壓下，刀刃直砍向了脖子，「死吧！」

「喂！喂！我要活的。」龍耀趕緊糾正。

葉晴雲那幻影一般的身手再次出現，但膝蓋上的傷痛卻讓她停在了中途。眼看莎利葉的就要得手了，但另一個幻影般的身形突然躍近，舉雙臂擋下了鐮刀的利刃。

「咦！葉可怡。」龍耀驚訝的看著來者。

葉可怡猛的震開了鐮刀，彎腰猛的一拳砸在地上，沙土像爆炸似的飛了起來。等莎利葉揮刀劈開塵土時，兩人已經如幻影般的消失了。

莎利葉愣了一會兒，說：「感覺那女孩的身手好奇怪，如果她是速度超快型的戰士，那沒理由會摔倒在地上啊！」

龍耀思考了一會兒，忽然聽到手機的聲音，林雨婷還在喋喋不休。

「喂！林雨婷，妳剛才聽我說話的時候，有沒有很不自然的拉長腔？」

「有啊！」

「出現了幾次？」

「呃！」

「別發傻啊！妳不是天才少女嗎？趕快回憶一下。」

「兩次。十秒前有一次，一分鐘前還有一次。」

「好了！謝謝妳。」龍耀掛掉了手機，看向了莎利葉，說：「我已經知道原因了。不是她的速度變快，而是我們的速度變慢了。她的靈能力是在一定範圍內停滯時間，而且自己和戰友不會受到限制。」

「你怎麼知道的？」

「自我接起電話之後，她有兩次速度變快，而我的聲音有兩次長腔，這就是最好的推理證據。」龍耀翻閱著手機裡的號碼簿，說：「而且我剛才又想到了一件事。」

龍耀撥通了老周的電話，寒暄了幾句之後，問：「老周，你瞭解葉可怡嗎？」

「我只知道她跟王老闆是大學同學，兩人畢業後一起踏入了金融行業。有傳言說：王老闆的事業這麼好，全是因為葉可怡在幕後指揮。」

龍耀眼睛閃著精光，說：「也就是說，葉可怡與王老闆年齡相仿？」

「對。」

龍耀道了一聲謝，便掛斷了手機，說：「我已經知道真相了。」

龍耀做出了推測，但並不急著驗證。他帶著莎利葉步行回家，順便聊些感興趣的事。

在這條街上有一家很有名的糕點店，每天中午都會在門前擺上攤點，將新出爐的蛋糕擺出來招攬客人。

當莎利葉飄飛過來的時候，突然被蛋糕的香味吸引了，看到最上方放著一個開盒的，便忍不住張嘴咬了一口。店員眼睜睜的看著一塊三角形的蛋糕，尖端的一角被整齊的牙齒咬成了半圓形，忍不住大叫了起來：「啊！鬼啊。」

「真是太失禮！我明明是神。」莎利葉糾正了一句，又低頭咬了一大口。

龍耀趕緊衝了過來，按住貪吃的莎利葉。莎利葉三隻眼睛都盯在蛋糕上，嘴角慢慢的流出了口水，說：「連打了兩場架，肚子好餓啊！」

龍耀對店員露出一絲僵硬的笑容，說：「給我兩盒蛋糕。」

「我吃兩盒不夠。」莎利葉說。

龍耀白了她一眼，說：「我說兩盒的意思是，其中有一盒是我的。」

「你吃多少我管不著，但我要吃一百盒。」

「啊！這一盒蛋糕大約四百公克，一百盒就是四十公斤。」龍耀單手攥住莎利葉的腰帶，將她像是提包似的晃了晃，說：「算上衣服和首飾，妳也不過三十幾公斤吧？」

「你真是太討厭了！怎麼可以隨便說出淑女的體重啊？」莎利葉三隻眼睛一起瞪得溜圓，皮靴狠狠的踢在龍耀的臉頰上。

龍耀翻倒了出去，砸在了糕點攤上。放糕點的桌子倒了下去，蛋糕雖然沒有弄髒，但盒子都摔壞了。

「這，這，這……」店員慌張了起來，不知道該怎麼辦了。

「不要緊！我給你寫一個地址，全包起來送過去。」龍耀撿起莎利葉吃剩下的那塊，放著嘴裡慢慢的咀嚼了一陣，說：「味道的確不錯！」

「喂！不要舔我吃過的東西，你是變態嗎？」莎利葉懸浮在一旁，繼續用腳踩龍耀。

店員在一旁看得心驚膽戰，說：「謝謝您的誇獎，不過您流鼻血了。」

「大概是天氣太熱的原因！」龍耀擦了一把鼻子。

「先生，一盒一百元。」店員端詳著龍耀的學生裝，有些懷疑他的經濟能力了。

「可以刷卡嗎？」

銀行卡一下子刷掉了一萬元，然後店鋪經理親自出來致謝，還答應將蛋糕送到龍耀家裡。

龍耀提著兩盒蛋糕，坐在街旁的長椅上，說：「先休息一會兒。」

莎利葉吃著蛋糕，問說：「你很有錢嗎？」

「不是很多，但足夠妳吃蛋糕了。」

「Lucky！我喜歡有錢的通靈師。」莎利葉吃了一口蛋糕，說：「以前那些窮鬼通靈師，都被我丟進地獄了。明明連飯錢都沒有，還敢召喚本天使，當我是什麼人啊？」

「這麼兇惡！妳是天使還是惡魔啊？」

「既是天使，也是惡魔。」

龍耀嚼著蛋糕，說：「妳是有意變成小女孩的外表嗎？」

「對！」

「為什麼？」

「為了減少魔力消耗。在這魔力稀薄的人間，體形越小越利於生存。其實我本來想變成幼兒的，不過四肢太短也不太好活動。」

「可以變回原形嗎？」

「可以！只要解放第三隻眼的封印，就能變回月天使的形態，不過只能維持三分鐘。」

龍耀驚訝的看向莎利葉，說：「就像鹹蛋超人？」

「像魔法美少女，好不好？」莎利葉白了龍耀一眼，說：「真是討厭！一點都不懂女孩子的心，白白浪費那麼高的智商了。」

龍耀無奈的聳了聳肩，說：「《聖經》上記載的，關於妳的故事是真的嗎？」

「哪一部分？」

「就是由天堂的『月之天使』墮落成『地獄七君主』的那一部分。」

「不完全是真的。」

「那真相是什麼？」

莎利葉已經吃完了一盒，又伸手舉起了第二塊蛋糕，說：「有些事情知道的越少越好。如果讓一個人類知道了神魔的秘密，你覺得天堂和地獄哪一個會饒過你？」

龍耀聳了聳肩膀，說：「可第六感告訴我，我遲早會知道真相。」

「這種感覺從何而來?」

「其實,我一直在思考靈種的來源,本來我沒有可懷疑的方向。但當看到妳進入人間後,我便有了一個懷疑的方向。」

莎利葉被蛋糕噎住了,劇烈的咳嗽了起來。

龍耀輕拍她的後背,說:「看來我的懷疑方向是正確的,妳是追蹤著靈種而降落人間的吧?」

「你知道太多了!」莎利葉瞅了他一眼,三隻眼睛都瞪圓了,說:「你知道『天妒英才』是什麼意思嗎?不要再做這種危險的發言了,當心被一道晴天霹靂劈死。」

「妳會保護我的,對吧?」龍耀笑說。

「對!但我可不是萬能的,有時候也無法保護。」

「妳說我擁有了長生的屬性,那麼如果我在人間活夠了,怎麼辦?」

「如果你想的話,我會送你去地獄。」

「為什麼是地獄?」

「通靈師一般都會去地獄。」莎利葉聳了聳肩膀,又說:「當然如果你想去天堂,我也可以幫你疏通。」

「天堂也可以走後門嗎？」

「天堂的官僚機制跟人間界一樣。」

「哦！沒有第三種選擇嗎？」

「有！還可以去英靈殿。」

「那是什麼地方？」

「是專門為英雄的靈魂設立的宮殿，天堂和地獄都無權干涉這地方。住在裡面的英雄白天習武，夜晚暢飲，只為等待至終之戰。」

「至終之戰？」

「關乎舊世界滅亡和新世界誕生的戰爭，這戰爭無疑是世界上最大規模的戰爭，數以萬計的宇宙會投入戰爭。」

「咦！宇宙和宇宙之間的戰爭？」

「嗯！關於至終之戰的信息，我只能向你透露這麼多。」莎利葉一口吞掉了蛋糕，兩邊的臉頰鼓了起來。

一個老太太看到蛋糕憑空消失，尖叫一聲愣在原地動彈不了了。

龍耀嘴角抽搐的看向莎利葉，說：「妳還是現身吧，這樣會嚇死人的。」

「現身更不好吧？」莎利葉望向龍耀，說：「中世紀的時候，我有一次現身在人間，當場就嚇死了幾名教徒，教廷甚至為此發動『巫女審判運動』。」

「那是古代了，對於現代的人，妳只是個傳說。」

「那就太好了！隱身可是很累的。」莎利葉輕晃了一下身形，實體突破現實的屏障，清晰的出現在了人間。

「啊！」老太太發了一聲驚叫，像木頭似的栽倒了下去。

「智者也有失算的時候嘛！」莎利葉揶揄的笑著，說：「看來這個世界上的人還是怕我的。」

一群宅屬性打扮的人路過，突然圍攏到了長椅旁邊，舉著相機狂拍了一通，還嚷嚷著要莎利葉擺幾個萌POSE，並叫幾聲「歐尼醬」來聽聽。

「看來這個世界上的人，還是不怕妳的比較多啊！」龍耀說。

「我有點害怕他們了。」莎利葉皺著眉頭說。

龍耀突然彈出了針灸針，精確的釘穿了相機存儲卡。宅男們的相機都露出了白煙，驚嚇的蹲坐到了地上。

龍耀捏掉莎利葉嘴角的奶油，把手指放到嘴裡舔了舔，說：「回家！」

早上，龍耀領著葉晴雲出門，引來鄰居許多關注的目光；下午，龍耀領著莎利葉回家，引來鄰居更多驚異的眼神。

蛋糕店的小貨車早到了，但因為龍耀的家門鎖著，所以一直沒法卸貨。龍耀看了一眼車庫，發現沈麗的車停在裡面，而庫門前有一道新胎印。龍耀估計是林雨婷開車，載著沈麗去市場購物了。

龍耀打開了房門，讓人把蛋糕卸下。一百盒蛋糕壘在門廊裡，就像是一堵城牆似的。

「哦哦！跟隨一個有錢的通靈師，果然待遇就是不一樣啊！」莎利葉發出一聲歡呼，坐到蛋糕城牆上。

「當心吃成肥豬，飛不回天堂去。」

龍耀嘟囔了一句，走進了客廳中，發現電視還開著，便隨手關掉了。

但當他轉身要走的時候，忽然電視機又亮了起來。

龍耀的神經一下子繃緊了，背對著電視屏住了氣息，用第六感仔細的探查整幢房子，但卻沒有發現有第三人的痕跡。

龍耀慢慢的轉回身來，再次關閉了電視機，然後又慢慢的轉回身去。

「喀嚓」一聲響，電視機又一次的打開了，而且還在不停更換頻道，最後停在了偶像劇上，也就是沈麗最愛看的那個台。

「見鬼了嗎？」龍耀感覺頭皮一陣發麻。

這時，莎利葉抱著蛋糕走到了沙發前，說：「現代的兔子都會使用電子產品了嗎？」

「咦？！」龍耀詫異的看向沙發，見寵物兔子趴在上面，正在用後腿踩遙控器。「啪啪啪」拍動了幾下之後，電視機的音量變大了起來，然後兔子才滿意的趴了下來，認認真真的看起了偶像劇，那表情跟沈麗倒真有幾分神似。

「這兔子是怎麼搞的？難道變成妖怪了嗎？」龍耀驚歎說。

莎利葉坐到沙發上，把兔子抱到了胸前，跟牠一起看起了電視，「雖然有點搞不懂，但感覺很有趣啊！」

「喜歡看偶像劇的生物，果然不是我能理解的。」龍耀無奈的搖了搖頭，說：「妳先自己待一會兒，我去書房裡寫點東西。」

莎利葉斜躺在了沙發上，邊看電視，邊吃蛋糕，就像躺在天堂裡似的。兔子非常熟練的操作著遙控器，每當偶像劇播完或插廣告時，牠就會熟練的換到另一台。

時間一分一秒的過去了，轉眼就到了下午四點鐘。門鈴忽然響了起來，龍耀在書房裡大叫：「莎利葉，去開門！」

莎利葉嚼著蛋糕，說：「我可不是你的女僕。」

「妳就當減肥吧！」

「哼！」莎利葉懶洋洋的打開了房門，半瞇的眼睛突然瞪得溜圓了，「妳還敢找上門來？」

葉晴雲緊張的站在門外，看到莎利葉從房內出來，臉上閃現出一絲驚訝，說：「妳就是龍耀的召喚靈？」

「正是本天使。」莎利葉將手向上一舉，從虛空中抽出了鐮刀。

「等一下！我不是來找妳打架的，我有重要的事跟龍耀說。」葉晴雲說。

「跟閻王說吧！」

莎利葉正要揮鐮刀攻擊，身後傳來了龍耀的聲音。

「叫她進來吧！」

莎利葉收起鐮刀，又躺回了沙發上，指了指旁邊的書房的門，說：「進去吧！但別耍花招，妳的靈能力已經被我們看穿了。」

葉晴雲吞了一口唾沫，走進了龍耀的書房。

龍耀正在起草公司的相關章程，公司的名字就叫「龍林高科技」，前期只有他和林雨婷兩人管理，由他負責經營方向的抉擇，林雨婷則負責日常生產管理。公司的第一步就是擴建廠房，招聘技術型的人才，充備軟硬件實力，然後將業務向相鄰領域滲透，形成一個現代化的集團公司。

龍耀一邊快速的打著字，一邊扭頭掃了一眼葉晴雲，見她腿上只穿了一條絲襪，另一邊的膝蓋上纏著綁帶，便說：「腿還痛嗎？」

「嗯！還有點。」葉晴雲點了點頭。

「葉可怡讓妳來找我？」

「呃！」葉晴雲驚訝的瞪大了眼睛。

「我是指那個真正的葉可怡，不是救走妳的那個女人。」

「咦！！」葉晴雲的眼睛瞪得更大了，臉上出現了震驚的表情，「你怎麼知道的？」

「葉可怡就是妳的姑姑，並且兼任妳的師父和上司吧？」龍耀邊敲鍵盤邊說話，輕鬆的做到了一心兩用，問說：「那個假冒她的女人是誰？」

「是我的師姐，名叫王風鈴，LV3的強靈系。」

「妳的姑姑擁有精神靈能力，她讓每一個進入別墅的人，都把王風鈴錯看成是她，對吧？」

「對！你怎麼知道的？」

「我能感應到靈氣，看穿事物的本質。妳姑姑的幻覺靈能，對我沒有效果。」

龍耀現在有了莎利葉，也沒有必要再隱瞞靈能了。

葉晴雲點了點頭，盯著項上的玉墜，說：「難怪你會鑒定古董，原來這是你的靈能。」

龍耀看到葉晴雲戴著自己送的玉墜，對她的態度稍微緩和了一點，說：「妳姑姑從來不出門嗎？」

「她已經三年沒有出門了，我姑夫錯以為她是姑母，而師姐則一直扮演著她。」葉晴雲說著說著，突然俏臉紅了起來，說：「不過，師姐可沒與姑夫同房啊！」

「同房也跟我沒有關係。」龍耀冷淡的說。

葉晴雲向前走了兩步，雙手扶在了電腦桌上，說：「我已經跟姑姑說過了，她願意向你道歉，希望你能盡釋前嫌，重新考慮她的建議。」

龍耀用不容置疑的語氣說：「我不會加入靈樹會的。」

「龍耀，你現在已經屬於裡世界的人了，法律已經不能保障你的安全，你必須選擇加入一個組織，這樣才能獲得安身立命之所。」

「裡世界？」

「嗯！為了區別於普通人的世界，我們對超自然世界的稱呼。」

「裡世界中，除了靈能者，還有別的嗎？」

「有的！還有修真者、魔法師、神父、術師……」

龍耀想到了莎利葉，便輕輕的點了點頭，說：「這個世界果然還有許多我不知道的東西。」

「你也應該察覺了吧？靈能者一般是成對出現的，因為靈種就是成對降落的，一個是強靈系，一個是智靈系。擁有一對靈種的靈能者合作時，靈能力會自然而然的提升，這也暗示了靈能者應該結伴在一起。」

龍耀恍然大悟一般的點了點頭，終於想明白了為什麼連環殺人案中，那些死者都是兩兩出現的，但馬上又有一件事讓他想不明白了。

「為什麼我只有一個人？」龍耀問。

「因為稀有靈種很難寄生，需要天賦極高的宿體。所以，只有一顆靈種成功寄生到了你的身上，而另一顆則掉落在了教室角落裡。昨天我已經找出來了，現在在我姑姑的手裡。」

「一個人可以寄生兩顆靈種嗎？」

「不可以！會產生排斥反應。」

龍耀把企劃書的最後一段打完，忽然看到葉晴雲的額頭全是汗，身體像是風中殘燭似的抖動著。葉晴雲的靈能力是具有戰略價值的，只要與擁有攻擊能力的靈能者配合，那任何人都不敢小覷她。但這種靈能力的缺點也是顯而易見的，那就是對靈能者的身體負擔太大了。

龍耀看出葉晴雲已經很虛弱了，便起身把她扶到了電腦椅上。

「謝謝！」葉晴雲說。

「不用謝！」

龍耀半跪在了椅子前，抱起葉晴雲的傷腿，將皮鞋褪到了一邊。葉晴雲的美腳露了出來，白皙嬌嫩的腳背像新月似的弓起，五隻小圓蛤似的腳趾鑲在上面，整體就像是一隻羊脂玉雕。

龍耀捧起葉晴雲的美腿，從腳底慢慢的揉捏上去，然後將綁帶輕輕的揭開，著重在膝蓋附近推揉。

龍耀輕揉著傷口旁邊的穴位，給葉晴雲理通了靈氣脈絡。但葉晴雲並沒有想到這層意思，還以為龍耀是出於欲望而玩弄她的腿。

葉晴雲的臉一下子燒了起來，「吱啦啦」的冒了一陣白氣，兩個臉頰快要變成烤肉了。

「龍耀，不要這樣啊！」葉晴雲羞赧的說。

「不要哪樣啊？」龍耀抬起了頭來。

「不要……不要隨便玩弄人家的身體……當然，如果你是真心的，那樣也不是不可以……」

葉晴雲雙手捧住臉蛋，羞得再也說不下去了。

# 010 靈能鍛鍊

清風從窗外吹來，帶著細細的雨絲，飄搖到了葉晴雲臉上，但轉瞬就蒸發掉了。葉晴雲看到自己的腳被龍耀玩弄著，身體就像燃燒起來似的發起了熱。而龍耀卻只是想給她治好腿傷，根本沒有想到她會有這種反應。

就在這尷尬的時刻，書房的門突然開了，林雨婷衝了進來，喊說：「龍耀，沙發上那個很臭屁的小丫頭是誰啊?咦——」

雖然葉晴雲沒有發動靈能力，但此刻的時間還是靜止了。三個人都互相望著對方，連心中的聲音都能彼此聽到。

「呀!」葉晴雲驚叫著捂住臉，下意識的推開了龍耀，赤著腳跑出了龍家。

林雨婷的臉一下子黑了，像是惡鬼似的逼到近前，說：「龍耀，你們剛才在做什麼？」

「沒什麼。」龍耀說。

「那這怎麼解釋啊？」林雨婷撿起鞋子晃了晃，又把綁帶丟在龍耀臉上，說：「這上面的血不會是……」

「當然不是了！妳在想什麼啊？」

龍耀扭頭要走，赫然看到門前站著三個看客。

沈麗、莎利葉、兔子，一人一神一獸，按高矮排開站著，都拿著一根胡蘿蔔，邊嚼邊看著好戲，就像在看偶像劇似的。

「兒子，你很有當偶像的潛質嘛！」沈麗讚歎說。

「比電視劇裡情節還跌宕起伏啊！」莎利葉說。

「噗——噗——」兔子用後腿敲了敲地板。

龍耀突然發現除自己外，這房間裡都是偶像劇迷，腦袋頓時有一陣疼痛了，「唉！喜歡看偶像劇的生物，果然是我無法理解的。」

沈麗摸了摸莎利葉的紫髮，說：「這小女孩是哪來的？」

「路邊撿來的。」龍耀說。

林雨婷剛為葉晴雲爆發完，又開始為莎利葉爆發起來，說：「怎麼可能撿個大活人啊，我看是你用蛋糕誘拐來的吧？而且你竟然還誘拐一個外國少女，這可是會引來國際爭端的啊！」

莎利葉淡然的說：「我餓了。」

沈麗嚼著胡蘿蔔，問：「妳想吃點什麼？」

「吃甜的。」

「沒問題，我去做飯。」

林雨婷的嘴角抽搐了一陣，對龍耀說：「你媽的接受能力還真強啊！」

「請妳不要這麼大驚小怪的，撿到一個外國小女孩而已，難道妳從來沒遇到過棄貓棄狗嗎？」

「呃！這是一樣的嗎？」

「真囉嗦！」龍耀把印表機接上電腦，將企劃書列印了出來，遞給林雨婷說：「如果沒有意見的話，就照這份企劃書去做。」

林雨婷看了一眼標題，見到「龍林高科技」五個字，臉上浮現出興奮的表情，說：「我同意。」

「妳看完再說好不好啊？」龍耀無奈的搖了搖頭，說：「天才少女就這種水準嗎？我看把妳賣了，妳還會幫著數錢。」

「哼！你還沒有解釋鞋子的事呢！」

「這是我的私事，跟妳沒有關係。」

「哼！」

林雨婷生氣的鑽進廚房，向沈麗打起小報告來了。

今天的晚餐豐富異常，沈麗為了宴請外國小客人，特別燒了幾樣西式菜肴，還精心製作了甜點。林雨婷為了征服龍耀的胃，也使出了渾身解數，做了幾樣壓箱底的菜。

龍耀這幾天一直以泡麵為主食，見到豐富的晚飯自然非常開心。而林雨婷從龍耀的吃相中得到了極大滿足，像是新婚妻子似的不斷的為他添飯加菜，而自己只是托著下巴滿足的欣賞。

期間，沈麗還給丈夫打了一個長途電話，用奧斯卡金像獎致辭一般的語氣，先感謝了國家、人民和父母，然後感謝老天終於讓兒子帶女孩子回家吃飯了，而且第一次就帶回了一中一洋兩個美女。

大家一邊吃著飯菜，一邊聊些家常事，還抽空看一眼電視。但愉快的時候總是過的很快，轉眼就到了睡覺的時間了。

龍耀讓林雨婷睡自己的房間，自己則和莎利葉坐在書房裡。龍耀從網上聯繫到一家獵頭公司，讓對方儘快網羅一批生物材料領域的專家。把十萬訂金打入對方的賬戶之後，閒下來的龍耀落寞的踱到了窗前，就像是一名迷失於荒野之中的旅人，企盼著星空快一點指明前進道路似的。

莎利葉好奇的坐在電腦前，擺弄著這新時代的玩意兒，說：「龍耀，你不睡嗎？」

「自從我變成靈能者，已經連續幾天沒睡了。」龍耀繼續看著窗外，說：「妳不睡覺嗎？」

「我已經連續幾萬年沒睡了。」

龍耀回頭望了一眼，無奈的聳了聳肩膀，說：「我曾經覺得自己變成怪物了，但當跟妳走在一起後，卻有一種『我果然還是人類』的感慨。」

莎利葉離開了電腦，站到了龍耀的身旁，「你在想什麼？」

「我好像捲入麻煩之中了！」

「你害怕了嗎？」

「是的。」

「害怕死？」

「害怕輸。」

莎利葉抬頭看了一眼龍耀，但因為身高懸殊的關係，無法看清他的面部表情，只能看到一個堅毅的下巴。

「輸比死，還嚴重嗎？」

「嚴重許多。『死』只是一個人應該承擔的結局，而『輸』卻是無辜者受難的開始。」

「你是在擔心你媽媽和醋罈女嗎？」

「還有兔子。」

莎利葉聳了聳肩，說：「那你想到解決辦法了嗎？」

「還沒有。」龍耀拍了拍窗臺，說：「不過，我想首先應該加強自身的實力。」

「嗯！的確是這樣。現在的你太弱了，害我都受連累了。」

「妳有什麼建議？」

莎利葉捏著尖俏的下巴，稍微思索了一會兒，說：「我不太瞭解靈力的原理，但估計與魔力差不多，我可以傳授你魔力的鍛鍊方法。」

「這世上真的有魔法嗎？」

「是的！魔法曾經興盛過，但卻被科技代替了。」莎利葉縱身跳上窗臺，向著龍耀招了招手，說：「我們去找個沒有人的地方練習。」

兩人從窗戶跳到房外，轉身鑽進漆黑的小巷，徑直來到一處偏僻之地。這是一座小型的森林公園，白天是人們鍛鍊的場所，晚上則是野貓們的領地。

聽到有陌生的腳步聲響起，野貓發出「嗷嗷」的恫嚇聲，但在確定了對方的實力之後，便識趣的鑽到了草叢深處。

龍耀和莎利葉在林外的空地站定，背對背的掃視了一遍四周的環境。

濕潤的風從海岸的方向吹來，捲著地面上的草發出沙沙的響聲。天空中佈滿了大塊的雲朵，像是行駛在黑暗中的帆船。明月偶爾會從雲縫中露一下臉，在翻湧不停的草叢中投下亮斑，就像照在波光粼粼的海面上似的。

莎利葉伸了一個懶腰，說：「就在這裡吧！先從基礎理論講起。」

龍耀點了點頭，說：「說吧！」

「首先，魔法學認為物質都具有波和粒兩種特質，波是無實質的能量，粒則是有實質的物體。」

龍耀聽到這一句，脫口而出說：「波粒二象性？」

「對！跟近代物理學上的波粒二象性理論很像。」莎利葉點了點頭，又說：「波粒二象性決定了魔法造物是不穩定的，無法像真實的物質那樣長久存在。魔法造物同時具有雙性，但具體是有偏向性的。」

「接著說。」

「偏向粒性質的魔法造物最為常見，原理是把體內的魔力轉化到體外，製造出固態、液態、氣態三種物質。其中，固態最為堅固，但卻少變化；氣態變化最多端，但卻不易操縱；液態處於兩者之間。」

「哪種最好？」

「固態、液態、氣態三種造物，沒有高低之分。魔法師最擅長哪一種魔法，是由他自身的屬性決定的。實際上，除了最擅長的那一態魔法外，魔法師還需要用其他兩態來輔助，一個大型的魔法都是三態融合的產物。」

龍耀捏著下巴想了一會兒，說：「比如火球術，是由固態的內核、液態的表面和氣態的火焰組成？」

「對！作為一個生活在低次元的人類，你對魔法原理的理解倒挺快的。」

「這不算什麼。從我擁有第一台GBA算起，已經在各式各樣的電子遊戲中，釋放了不下十萬次火球術了。」

「看來我真是落伍了！原來現代的小孩子都是在『火球術』中長大的。」莎利葉以手撫額，說：「既然你有釋放火球術的經驗，那波的魔法造物就好理解了，其原理是將魔力轉化成各種波動，比如聖光術就是光波，催眠術就是聲波。」

龍耀捏著下巴想了一會兒，說：「妳說的這些魔法倒是好理解，但還有一些波和粒不能解釋的現象，比如說葉晴雲的時間停滯靈能，是怎麼一回事？」

莎利葉眨了眨三隻眼睛，說：「這涉及到了『場』的概念，場是波和粒相互作用的結果。時間靈能就是在現實世界中創造一個『場』，並且暫時改變『場』內的物理規則。在那個『場』中，魔法師就相當於『神』。」

龍耀的眼睛猛的瞪大了，說：「那豈不是說，『場』靈能的等級很高。」

「相當之高，而且具有戰略價值。」莎利葉點下了頭，說：「如果是用魔法師來說，那掌握了『場』魔法，就躍入魔導師之列了。」

「真是人不可貌相啊！」

「要想後天學會『場』是非常困難的，因為『場』的概念本身就極難理解。」

「可葉晴雲的理解力並不高，至少跟我比是差了一大截，她到底是怎麼學會的？」

「她並不是後天學習的，而是天生擁有這種才能。」

龍耀恍然大悟般的點了點頭，說：「妳的意思是，大多數人一生也學不會的『場』，而葉晴雲卻天生就具有。」

「對！這就叫做天賦。」

「明白了！老天果然是不公平的。」龍耀微笑了一下，說：「那我能後天學會場能力嗎？」

「這要看你的造化了，我只能說，二分鍛鍊，三分智慧，五分運氣。」

「運氣的成分占了一半啊！我最討厭要靠運氣的東西了。」

「這是智者的通病！智者希望把一切掌握在手中，而運氣卻是不可掌握的東西，所以智者總是視運氣為敵人。」

龍耀聳了聳肩，說：「說一下靈力的鍛鍊吧，我先把這二分搞到手，這樣就有五分在手了。」

「以智慧是滿分為前提嗎？你還真是有夠自負的啊！」莎利葉輕輕的搖了搖頭，說：「我有一種快速鍛鍊的方法，這種方法盛行於古代的黑魔法學院中，正統的名稱叫做『極限鍛鍊法』，但黑魔法學徒們更願意叫它『饑餓鍛鍊法』。」

「很有意思的名字。」

「這種鍛鍊法說起來很簡單，首先便是釋放出所有魔力，讓身體處於空乏的狀態，將機能逼迫至極限，然後再做魔力轉化練習。」

「慢著！把所有的魔力都釋放了，怎麼還會有魔力做練習？」龍耀聽出了其中的矛盾之處，但馬上又發覺了自己的疏忽，說：「哦！我明白了。魔力是像泉水一樣的東西，釋放之後又會重生，而轉化練習就是用重生的魔力。」

「對！練習的關鍵就在於極限，體內稍微生出一丁點魔力，就馬上被轉化釋放掉了，這會讓身體一直處於零魔力狀態。極限鍛鍊法不僅可以讓學徒更好的掌握極限狀態，更可以鍛鍊身體再生魔力的速度。」

「聽起來很不錯！」

「但也很危險，一不小心鍛鍊過度，就會死亡。如果你害怕的話，我還有白魔法訓練法，只不過需要的時間長一點。」

「時間就是生命！我沒有那麼多時間浪費。」龍耀冷冷的說。

「其實，就算是極限鍛鍊法也不是一蹴而就的，僅第一步放空自己的魔力，就需要一年才能掌握。」

「要怎麼做？」

「古代魔法書中是這樣描述的，用思想的觸手抓住體內的魔力，借想像的力量聚集在一起，然後以物質的方式釋放到體外。」

忽然，一陣低沉的轟響從遠處傳來，莎利葉下意識的扭頭看了過去。在離此處百餘米的地方，有一條高速鐵路，正好有一輛火車行駛而過。

莎利葉好奇的望著銀色的火車，等呼嘯的聲音繞到森林側面後，才慢慢的回頭重新剛才的話題。

「你不要小看『聚集』這一步，因為全要憑藉豐富的想像力，所以……呃……」莎利葉的俏臉一陣扭曲。

龍耀靜立在月亮的清輝之中，面孔被頭髮的影子遮住了，但雙眼卻放射著冷峻的光。他的手指像是木偶師似的下垂著，十條清紫色的細線從指尖流了下來，就像是月神豎琴上十根琴弦一般。

涼風輕輕的撫動過地面，細線隨之飄蕩了起來，猶如風中的毛毛細雨。

龍耀深深的吸納了一口氣，手指上的肌肉緩緩的綳緊起來，細線也同時變成了堅硬的狀態，一根根的如同細長的銀針。

「啊！」

龍耀將胸中的氣吐出來，想要繼續向其中增加靈力，讓細線變成粗長的棍棒，但突然細線上爆起了一道光，伴隨著一陣玻璃似的破碎聲，細線散碎成了無數的光點，飄搖著消失在了虛空中。

龍耀搓了搓手指，有些不甘心的說：「失敗了！」

莎利葉的嘴角抽搐了一下，感歎說：「該死的天才，連失敗都這麼驚人。你究竟是怎麼引導的？抓住那種感覺可是很不容易的。」

「很簡單！在我家的屋簷下有一窩燕子。」

「咦！？」莎利葉有點摸不著頭腦了，說：「這跟我的問題有什麼關係？」

「當小燕子長大後，老燕就會教牠們飛。飛翔本身的訓練並不難，難的是要引小燕子出窩。為了達到這個目的，老燕會使出渾身解數，用各種方法誘導牠們。」龍耀抖了抖手指，一邊轉化著靈力，一邊說：「妳明白了吧？」

莎利葉翻了翻白眼，說：「完全不明白。」

「笨蛋！我的意思是靈力就像小燕子一樣，牠們對外面的世界充滿好奇，又對陌生的環境感到恐懼。要像父母一樣耐心的安撫，但又不能太過於寵愛牠們。」

「你越解釋，我越糊塗。」莎利葉搖了搖頭，說：「算了！我不聽了。天才的想法，果然不是常人可理解的。」

龍耀蠕動著十條手指，薄薄的靈力從指尖溢出，慢慢的凝聚成水滴狀，然後拉出晶瑩的細線。整個過程將氣、液、固三態轉化都包容了進去，最後製造出十條飽含靈力的細絲。

「魔力和靈力的轉化形態與施法者的屬性有關，看來這種柔而堅韌的細絲就是你的寫照了。給它取一個名字吧！」

龍耀抖起雙手上的細絲，十根細絲糾纏在一起，然後對接成了五根長絲。龍耀雙手相對的擺在眼前，看著五根由靈力構成的閃亮細絲，說：「這東西在轉化時，讓我想起口水來。」

莎利葉的眉頭皺了皺，說：「你不會是想叫它『口水絲』吧？看來天才取名品味也不怎麼樣。」

「這話應該我來說，看來天使的取名品味也不怎麼樣。」龍耀白了小丫頭一眼，說：「我決定取名為『龍涎絲』。」

莎利葉的眉頭聳了兩下，說：「還不錯。」

「接下來怎麼鍛鍊呢？」

「完成了第一步，後面就簡單了。不斷的拉出絲線就好了，直到將你的靈力用光。」

「瞭解！剛好我可以測試一下龍涎絲的屬性。」

龍耀舉起手裡的五根龍涎絲，向著最近的一棵大樹切去，龍涎絲如同刀片似的陷了進去，將樹皮完整的剝落了下來，但卻停在了樹幹的木質部上。

「看起來，不是很鋒利。」

龍耀仔細觀察著樹上的傷口，說：「鋒利程度跟零點一九三毫米的鋼琴弦相似，如果絞在脖子上的話，三秒鐘可以讓人休克，十秒死亡。」

「你幹過殺手嗎？」

「沒有！只是在電影裡看過。」龍耀將龍涎絲捆在樹上，以倒行的方式向後退，直到靈絲崩碎在夜空中，「龍涎絲最大長度可到一百五十米，但三十米後強度便開始變弱。」

「這個可以通過鍛鍊來延長。」莎利葉說。

龍耀重新把龍涎絲捆在樹上，這次近距離的用力拉扯，拉得大樹都搖晃了起來。

「龍涎絲長度在三十米內時，承重可以達到一百公斤以上，但具體數據要靠器材測量。」龍耀說。

「你要測量到什麼時候啊？」莎利葉不耐煩的說。

「知己知彼，百戰不殆；不知彼而知己，一勝一負；不知彼，不知己，每戰必殆——這是兵聖孫子的經驗之談。」

「該死的智者，總是有歪理。」莎利葉噘了噘嘴，說：「但時間不等人啊！」

「我知道。」龍耀擺開了架式，說：「只要不斷的將靈力轉化龍涎絲，再讓龍涎絲崩碎就可以了吧？」

「對！」

龍耀選定最粗的一棵樹，將龍涎絲一次次的纏上，然後向著後方慢慢的拉動。

起先龍涎絲到一百五十米就崩碎，然後逐漸的延伸到了兩百米。但兩百米以後就非常難再增加了，而且隨著體內的靈力消耗，越來越難扯出完整長度的龍涎絲，往往中途就轉化回了液體狀態，然後像蒸汽似的揮發了。

「我已經拉出一百零四根龍涎絲，總長度約有一萬六千米，我身體的極限已經到了。」龍耀準確了報出了數據。

「嗯！我已經感覺到了。」莎利葉側躺在的長椅上，撫摸著平坦的小腹，說：「我們的力量是共享的，你把靈力消耗掉後，我也跟著餓了起來。」

龍耀抹了抹額頭上的汗滴，說：「我看妳只是貪吃病發作了吧？」

「附近有什麼吃的嗎？」

「跨過前面的那條鐵路，不遠處有一家便利商店。」

龍耀掏出一百元，向著莎利葉彈了出去。

莎利葉笑嘻嘻的伸手去抓，但那張錢卻突然飛了回去，害得她撲倒在了草地上。龍耀悠閒的

搖晃著手指，鈔票在半空中轉著圈。莎利葉此時才看清楚，原來錢上黏著一根龍涎絲。

「買東西的時候不要惹麻煩，過鐵路的時候走地下道。」龍耀囑咐。

「知道啦！真煩。」莎利葉拿了一百元，朝著鐵路的方向走去。

所謂的「饑餓鍛鍊」，就是在身體處於「饑餓狀態」，然後繼續施壓鍛鍊的方法。通過這種極為危險的鍛鍊法，將身體一次次的逼入絕境，激發隱藏在體內的潛力。所以，對於龍耀來說，靈力消耗光了，只是鍛鍊的前奏，接下來才是正題。

因為智商大幅度提高的原因，龍耀對情感的控制力非常高，在理智的強力監管之下，欲望被壓制到了極點。所以雖然龍耀早已饑腸轆轆，但胃腸卻沒有出現饑餓反應。

龍耀一邊控制著體內的小環境，一邊毫無停歇的做著饑餓鍛鍊。體內的靈力剛一生出，就馬上被轉化乾淨。

這樣的鍛鍊持續了一個小時，身體在「饑餓狀態」的折磨下，開始覺醒本性中的求生欲望，本能的將體內的一切卡路里轉化掉，然後貪婪的掠奪浮游在體外的靈力。

龍耀全身顫抖的癱坐在了草地上，身體幾乎已經進入了休克狀態，但大腦還保持著最低程度的活躍。龍耀仔細的體味現在的這種狀態，感受著毛孔從外界吸取靈力的感覺，這種奇異的感覺讓他非常著迷。

龍耀的頭腦中忽然閃過一道亮光，想到這種行為可能是很不尋常的，否則莎利葉沒理由不提前告訴他。

# 010 手足相殘

「饑餓鍛鍊」的含義很明確，就是將靈力由體內轉化向體外。而龍耀的情況則是從體內轉化向體外，然後再由體外吸取進體內，形成了一個靈通循環的怪圈。

龍耀停下了「饑餓鍛鍊」，盤腿坐在清涼的草叢中，閉目沉思著這種狀態，想要抓住其中的奧妙。

草葉在風的牽扯下，發出沙沙的聲響。蟋蟀隱藏在草葉間，和著風聲輕鳴著。

忽然，蟋蟀的叫聲停止了，有腳步聲響了起來。龍耀的精力集中到了耳朵上，聽出了三個不同腳步，從鐵路的方向慢慢的走上了草地。

「龍耀，我回來了。」莎利葉嘴裡含著食物，含含糊糊的說：「便利商店裡的兩個人說要見你。」

龍耀慢慢的站起身來，膝彎處還有一些酸軟，扭頭看向跟過來的兩人，赫然發現竟是便利商店的老闆夫婦。

老闆是個渾身肌肉的青年男子，因熱衷於幫左鄰右坊幹體力活，所以被大家親切的稱為「大塊」。老闆娘跟丈夫比起來，身材要袖珍上許多，是個善於持家經營的人。龍耀小時候常去他們店裡買零食，習慣叫他們「哥哥」和「姐姐」，而他們也視他如親弟弟一般。

但現在，大塊夫婦出現在這種地方，明顯不是來探望「小弟」的。

龍耀將體內新生的靈力集中起來，用第六感去感應兩人身上的氣息，發現兩人的靈氣厚度遠非常人可比。

蟋蟀的鳴叫聲又響了起來，但三人卻一直靜靜的對峙。莎利葉站在三個人的斜對面，嚼著零食疑惑的看著。

老闆娘抽了抽玲瓏的鼻子，說：「我們發現這小丫頭很不尋常，所以才讓她帶路過來看看的，可沒想到竟然會遇到龍耀小弟。」

大塊有些著急的問：「小弟，你也是靈能者嗎？」

龍耀的眼球快速的轉了兩圈，便猜出了事情的大概情況。看來大塊夫婦也是靈能者，大塊的靈能力未知，但從他的外形推斷，應該是屬於強靈系；老闆娘應該是智靈系的，效果大概是分辨人。莎利葉去便利店買東西時，被老闆娘看出不是普通人，所以就順藤摸瓜找了過來。

但是，如果是普通的靈能者，發現一名陌生的異類，絕不敢隨便跟過來。而大塊夫婦不僅跟了過來，並且沒有半點害怕的意思，可見他們熟知其中的秘密。

龍耀的眼中閃過一道精光，推測這兩人應該是有幕後組織的，是「靈樹會」或「枯林會」的新成員。

但龍耀沒有開口說出自己的疑問，因為先開口的人就會失去先機，後開口的人會多掌握一條情報。在智者的較量之中，一條微不足道的情報，就能決定一場生死。

老闆娘作為智靈系的靈能者，在說出第一句暴露性的話後，便立刻意識到了自己的失誤，站在原地盯著龍耀不動了。

但大塊還沒有發覺這其中的奧妙，大咧咧的說：「老婆，如果小弟是靈能者的話，咱們就當沒有發現過他吧！」

老闆娘皺了皺眉頭，說：「老公，不要說了。」

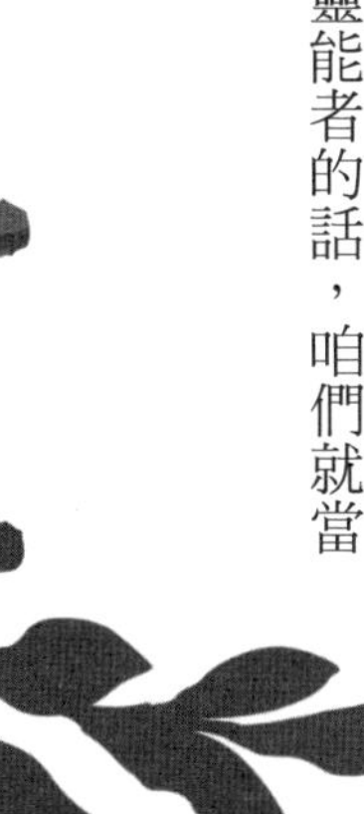

雖然老闆娘及時制止，但情況卻已經明朗了。這兩人明顯是來獵殺靈能者的，也就是枯林會的成員。根據瘦子曾經提供的情報，這兩人實力應該在 LV2 左右。

龍耀剛做完「餓餓鍛鍊」，體內的靈力已經用光了，所以只能採取以靜制動的方針，等待著兩人露出破綻。

雖然龍耀臉上表情沒有變，但老闆娘卻發現了什麼，說：「老公，都怪你多嘴，我們暴露了。」

「什麼？我只說了一句。」大塊摸著後腦勺說。

「一句話就足夠了，你看他的表情，絲毫沒有懼意，明顯是知道了我們的底細。」

龍耀的眉頭緩緩的皺了起來，突然意識到了自己的不成熟。如果剛才他表現的更膽怯一些，說不定現在就可以息事寧人了。

但已經晚了！既然對方已經察覺了，那他必須採取措施了。

老闆娘望著龍耀，鼻子抽動了一陣，好像感冒了似的，用手掌遮在鼻前，說：「小心！他好像要動手了。」

龍耀的第一反應是老闆娘是精神靈能者，因為她好像能讀懂自己的思維似的，但馬上又意識到事情並非如此簡單，老闆娘的靈能力比精神靈能更加神奇。

大塊聽到了老婆發出的警告聲，警惕的把手抓向莎利葉的肩膀，想要挾持貪吃的小丫頭當人質。

「莎利葉，動手！」龍耀發出了命令。

話音未落，邪眼鐮刀從虛空中墜下，莎利葉一手攥著鐮柄，向著大塊的手臂砍去。

「啊！」

大塊發出一聲爆吼，手臂肌肉頓時一脹，竟然硬生生的擋住了。

龍耀冷靜的觀察著局勢，說：「另一邊。」

莎利葉反手一鐮回削，鐮刀從肩膀越了過去，直襲向老闆娘的頭頂。

老闆娘的注意力全放在丈夫身上，眼睛根本沒有注意到鐮刀的軌跡，但她在危機時刻卻向後退了一步，以毫釐之差避了過去。

龍耀冷靜的觀察著這一幕，發現老闆娘的鼻子又在抽動。

大塊見老婆差點喪命，憤怒的一拳砸了出去，莎利葉剛想舉鐮格擋，但卻聽到了撤退的命令。

「莎利葉，過來。」龍耀說。

莎利葉向著後方猛的一躍，一下子退到了龍耀的身邊。與此同時，大塊的拳頭落到了地上，地面被砸出了一個大坑，就像是炸藥定向爆破似的。

莎利葉暗暗的吃了一驚，慶幸剛才沒有硬接這一招，但她嘴上還不服氣的說：「幹嘛要我撤退啊？」

「剛做完『餓餓鍛鍊』，我們兩個都沒有靈力了，正面對抗對我們不利。」龍耀冷靜的分析。

「那你有什麼好辦法？」莎利葉從腰後摸出一根巧克力棒，用嘴撕開包裝紙剛要吃一口，卻被龍耀抓著手腕抬了起來。

龍耀咬了一口巧克力棒，咀嚼著說：「進後面的森林裡，利用地形來周旋。」

「喂喂！你怎麼吃我的東西啊？」莎利葉不滿。

「在新陳代謝速度上，男人比女人快了百分之八，所以食物由我來吃的話，會更快的轉換成能量。」龍耀又狠狠的咬了幾口，差點咬到莎利葉的手。

「搶小女孩的零食，還滿口的大道理，這就是智者的臉皮嗎？」莎利葉踮起腳來，伸手去捏龍耀的腮。

龍耀趁勢將莎利葉夾在腋下，轉身鑽進了後面黑忽忽的樹林。穿過了一排密集的灌木樹後，眼前就是幾十米高的大柏樹了，月光和燈光都被遮擋在了林外。

龍耀放下莎利葉，問：「妳能看得清楚嗎？」

莎利葉的眼睛一閃，眼底變成了紫紅色，說：「沒有問題，你呢？」

龍耀慢慢的打開第六感，眼中的世界突然一變，所有的景物都變成靈體，就像是三維成像似的，說：「我也沒有問題。」

「接下來幹什麼？」

「在這裡設一個陷阱，我要弄清老闆娘的靈能是什麼。」

「這裡是森林的邊緣，應該再向裡一些吧？」

「如果在白天的話，的確裡面的地形更容易設陷阱。但現在是晚上，邊緣才是最好的地方。」

「我不明白！白天和晚上，有什麼不同嗎？」

「人類的視覺細胞分為錐狀和杆狀，分別在強弱兩種光線條件下工作。兩種細胞在切換時有幾秒鐘的間隙，在這段間隙內視覺系統是無法工作的，所以在他們踏入森林的一瞬間，是看不到任何東西的。」

龍耀從手指尖端扯出兩條龍涎絲，在地面上做了一個非常巧妙的絆索，然後指了指不遠處的一棵大樹，說：「把最粗的那條樹枝拉過來。」

莎利葉張開了三對大翼，展翅飛上了樹冠的頂端，將一根大樹枝拉了下來。龍耀將龍涎絲的一端捆在樹枝上，然後和莎利葉躲藏到了不遠處，像獵人似的靜待著獵物上鉤。

大塊夫婦商議了一會兒，最終還是決定追進森林，因為老闆娘已經察覺到了，龍耀和莎利葉的力量很弱。

大塊仗著自己人高馬大，根本不擔心會被偷襲，搶先一步踩上了陷阱。與此同時，老闆娘叫了起來，說：「小心！有危險。」

「崩」的一聲響，龍涎絲崩緊了起來，套在了大塊的腳踝上。被拉彎的大樹枝趁機反彈，將大塊倒著甩飛向天空，然後又極速的墜落了下來，反反覆覆的就像在玩高空彈跳。

龍耀背倚在一株大樹後面，聽聲音便知道已經成功了，便說：「莎利葉，目標是老闆娘。」

「瞭解！」

莎利葉揮舞起了鐮刀，向著眼前的大樹橫掃。

一道彎月形的風刃飛旋而出，將眼前的一排大樹悉數斬斷，直襲向躲在樹後的老闆娘。

老闆娘沒有莎利葉的「邪眼」，也沒有龍耀融合第六感的視覺，但卻下意識的伏身躲過了這一刀。

風刃掃過的地帶，變成了一片空地，只剩下整齊的樹樁。龍耀站在齊腰高的樹樁後，冷眼觀察著老闆娘。

大塊倒吊在半空中，握緊砂缽大的拳頭，吼說：「竟然敢欺負我老婆，我不會饒過你們的。」

龍耀抬手彈出五根針灸針，封住了大塊的胸前大穴，說：「莎利葉，抓緊時間。」

「雖然你這麼說，但現在沒有力量啊！」莎利葉拔腿衝了上去，鐮刀橫擺在身體外側。那一側的樹木觸到刀氣，便一棵接一棵的倒了下去。

「呀！呀！呀！」老闆娘連連發出尖叫聲，幾次險險的躲過了攻擊。

「啊……你們兩個混球。」

吊在上方的大塊放聲大吼了起來，上身的肌肉如麵包似的鼓起。五根針灸針被肌肉的力量頂了出來，「嗖嗖嗖」的回射向了龍耀的方向。

龍耀站在原地沒有動，針灸針擦著臉頰而過，留下了五條傷口。龍耀輕輕的揉了揉臉頰，傷口以肉眼可見的速度閉合了，這是共享了天使恢復力的結果。

大塊在一聲暴吼中，雙手折斷了大樹幹，落到了老闆娘身前，用後背擋下了鐮刀。

老闆娘驚恐的蹲在陰影中，眼中閃爍著驚懼的淚花，說：「老公。」

「老婆，妳不要怕，看我收拾他們。」大塊回身劈出了一拳，拳風牽扯著草木紛飛，直搗向了莎利葉。

莎利葉利用嬌小的身材，靈巧的彎腰躲到了拳下。拳頭如炮彈似的飛過頭頂，將一條線上的大樹轟碎。

龍耀沿著拳風的方向看去，見林地中出現了一條溝壑，百米內的土地寸草不留

龍耀毫不猶豫的向著後方一躍，當身體飛退到兩樹樹中間的時候，左右手分別彈出一條龍涎絲，說：「莎利葉，我們走。」

莎利葉反背著鐮刀，輕快的穿過龍涎絲，追著龍耀疾馳而去。

「老婆，咱們追。」大塊邁步追向龍耀，當到達兩樹之間時，突然感覺脖子一緊。

「老公，快停下，有危險。」老闆娘大叫了起來。

大塊本想憑蠻力衝過去，但現在馬上停下了腳步，雙手小心翼翼的捏了捏，發現在脖子的高度上，有一條如細鋼絲般的靈絲。

「好危險！差點被這條細絲切掉腦袋。」大塊擦著冷汗。

「沒想到龍耀會變成這樣，全身上下都充滿了危險，簡直跟首領不分上下。」老闆娘心有餘悸的說。

大塊被嚇了一跳，說：「妳的意思是，他跟首領同一個級別？」

「不！我是說危險程度一樣，但能力遠不及首領。不過，讓我看不透的是那個小女孩，我原本以為她與龍耀是一對靈能者，但現在看來她的身份並不是如此簡單。」

「那我們現在怎麼辦？」

老闆娘猶豫了一下子，說：「既然我們已經暴露，就必須殺掉他滅口，否則無法向首領交代。不過這小子太難對付了，恐怕得使用那條毒計了。」

「什麼毒計？」大塊吃驚的問。

「到時候，你就知道了！但希望不要到那個地步，因為我真的不想用啊！」老闆娘有些為難

的說。

龍耀和莎利葉急奔出樹林，一直來到火車道前才停下。龍耀看了看四周的環境，發現了一張廣告。那張廣告約有三十米見方，張貼在鐵路旁的一道磚牆上。

龍耀撕下廣告的一角，見材料是厚實的塑膠紙，便說：「幫我完整的取下這張畫，我要用來製作一個陷阱。」

莎利葉緊張的看了看身後，本想建議龍耀繼續向前逃跑，等吃飽喝足後再回來算賬，但見他如此的沉著冷靜，就沒有好意思說出喪氣話。

廣告被順利的取了下來，龍耀用龍涎絲小心的捆住四角，固定在鐵路兩側的路燈上，就像一面屏風豎在了鐵軌上。

大塊橫抱著老婆追到鐵路前，卻發現龍耀冷靜的等在前方。

龍耀看著滿頭汗水的大塊，說：「太慢了。」

大塊放下了老婆，說：「龍耀，乖乖的到哥身邊，咱們有話好好說。」

「你的話連三歲小孩子都騙不了，跟你談根本就是浪費時間，還是讓你老婆來跟我談吧！」

「你這混小子……」

大塊剛要動怒，卻被老闆娘按住了。

「龍小弟。」老闆娘聲情並茂的叫了一聲，妄想弱化龍耀的警惕性。

龍耀扣了扣耳朵眼，說：「妳說話大聲一點，下邊有高速公路。」

火車道的下方有一座涵洞，高速公路便從洞中穿過，汽車駛進涵洞的轉彎處時，會有司機習慣性的鳴笛，再加上引擎聲在洞內發生迴響，所以上方的噪音非常刺耳。

「龍小弟，你忘了小時候的事情了嗎?你那時經常到店裡來玩，還坐在我腿上叫姐姐呢。」老闆娘說。

「我現在的記性非常好，連五歲時藏丟的壓歲錢，都能清清楚楚的記起來。那些美好的童年回憶，我都當作寶物一樣留在心中。」龍耀面帶冷峻，話鋒一轉說：「不過物是人非，我們都不是過去的自己了。」

「龍小弟，萬事好商量，不要再打了。」

龍耀冷冷的一笑，說：「你們成為靈能者才幾天，就有了如此強大的靈能，應該是通過殺人得來的吧？」

「呃——」大塊和老闆娘都呆住了。

「以前，作為普通人的你們，謹小慎微，與人為善，是一對勤懇勞作的夫妻。但過度的力量讓你們瘋狂了，你們已經忘記了自己的本心。換句話說，從前的你們，被現在的你們殺死了。」龍耀的眼睛突然瞪圓了，將食指向著天空一伸，說：「今晚，我要為過去的你們報仇，將現在的你們送入地獄。」

受到龍耀的言語刺激，大塊忍不住撲了上來，嘴裡還要叫嚷著什麼。但下方涵洞的噪音太大了，大家的耳朵一瞬間被鳴響填滿了。

當大塊的雙手撲抱到近前的時候，龍耀的身體突然向斜後方飛去，這動作根本不遵守物理的定律，就像傳說中的「天外飛仙」一般。

原來龍耀早就作好了準備，在腰間捆好了一根龍涎絲，然後繞到對面的路燈頂端。莎利葉躲藏在路燈後面，將龍涎絲的另一端纏在鐮柄上，見龍耀做出伸手指天的姿勢，就將他拉飛起來。

大塊沒有想到會有這種情況，一下子撲空闖到了鐵路軌道上，愣愣的抬頭看向半空中的龍耀。

老闆娘用力抽動了一下鼻子，臉色突然變得如同白紙一般，大叫說：「老公，危險，危險，危險啊！」

同一時刻，一聲尖嘯掩過了了涵洞中的鳴響聲，以萬鈞之力襲向那面豎立的廣告。大塊從震動上感覺有火車駛近了，驚慌的扭頭看向了兩側的鐵路，但卻沒有發現一絲車燈的亮光。

突然，一輛高速列車撞碎了廣告，以兩百二十公里的時速衝了出來，正中站在鐵軌中央的大塊。

火車頭上數百噸的衝擊力釋放放出，大塊就像深入海底的鋁罐一般，在巨大的壓力下擠壓變形，最後被拋飛向了鐵道外側的黑暗之中。

火車呼嘯著行駛了過去，爾後列車員才發覺不對，啟動了緊急制動裝置，但因為動能太大的緣故，至少要到一公里外才能停住。

老闆娘瞪圓了空洞的雙眼，看著車輪發出耀眼的火花，聽著鐵軌上尖銳的摩擦聲，頭腦中反應只有「驚恐」。她在驚恐龍耀的智慧和冷靜，很明顯利用火車撞人是龍耀的圈套，使用廣告擋住火車的燈光，利用涵洞的噪音掩蓋火車的聲音，又用言語來牽引著對手的步調，三個環節緊密扣接在一起，簡單可以稱之為「完美無缺」。

龍耀收起了龍涎絲，落到了鐵路的對面，看著另一邊的老闆娘，臉上沒有一絲表情，揮手彈

出了針灸針，直取對方胸前的要害。但就在針灸針要刺中的時候，忽然黑暗中竄出一個人影，揮臂為老闆娘擋下了致命一擊。

龍耀的眼睛閃過一道精光，嘴角露出一抹冷冷的笑，說：「不愧是我小時候的偶像，果然沒這麼容易死。」

渾身是血的大塊站在老婆身前，用一隻血紅的眼睛瞪著龍耀，另一隻眼睛已經被撞壞了，同側的臉和身子也變得血肉模糊，有幾條肋骨如矛頭似的穿衣而出。

莎利葉撓了撓被火車震痛的耳朵，說：「好強的身體素質啊！難道他跟你一樣，也是百分之一百的強化？」

莎利葉無意中的一句話傳入了老闆娘的耳朵，讓她有一種如墜萬丈冰窟的感覺，身體在一瞬間癱軟了下去。

「什麼！百分之一百的智力強化？」老闆娘扶著大塊的手臂，說：「老公，看來我們沒有希望了。」

「老婆，不要放棄啊！」大塊搖了搖老婆的肩膀，鼓勵說，「女兒還在家等著妳呢！我們可不能死在這裡。」

「對！老公，你說的對！看來只能使用那招毒計了。」老闆娘擦掉眼中的淚水，將僵硬的雙手攥成拳頭，說：「龍耀，你乖乖過來。看在我們往日的情面上，可以給你留一個全屍，否則當心你的父母受牽連。」

老闆娘終於使出了那招毒計，這也是她最不想用的一招，因為她畢竟和龍耀是朋友，實在不想牽涉到家人。

但出乎老闆娘意料的是，龍耀的反應非常冷淡。

龍耀抄手站在原地，臉上沒有一絲動搖，說：「終於肯撕下偽善的假面了嗎？」

老闆娘突然想到了一個詞——智者絕情，這個詞如魚骨似的卡在了她的嗓子裡，讓她剛剛溫暖一點的身體又僵冷了。

「龍耀，你到底過不過來？」大塊喝問。

「我爸不在家。」龍耀說。

「那還有你媽。」

龍耀的嘴角泛起了一絲微笑，微笑之中帶著冷酷的自信，說：「你的父母和女兒都在店裡吧？」

## 010 手足相殘

「啊！」大塊的身體猛的顫動起來，反應比被火車撞到還激烈。

「一條命換三條，值得。」龍耀轉身走下了鐵路，往便利商店的方向走去。

「龍耀，你給我站住。」

大塊剛要邁步追上去，突然一輛貨運火車駛來，擋下了他的去路。

# 智者絕情

遠處的鐘樓裡傳來十二響鐘聲，夜風夾雜著雨點橫拂過城市，落葉在空蕩蕩的街道上翻滾著。野貓和野狗正為爭奪地盤打架，在垃圾堆裡發出低沉的嗚嘯聲。

龍耀和莎利葉邁步踏上了街道，兩條影子在月光下拉得很長，周身散發著無比濃重的殺氣。殺氣震懾著街道上的每一個生命，動物們在同一瞬間安靜了下來。

莎利葉回頭望了一眼，說：「他們還沒有追上來。」

「他們被火車擋下了，那車的長度是兩千米，時速大約為八十公里，所以要耽誤九十秒左右。」龍耀像是電腦一樣的精確計算。

「這也在你預料之中？」

「一切都在按計劃進行。」

「那你怎麼知道他們會追上來，如果他們轉頭去找你媽媽呢？」

「因為我瞭解他們的弱點，雖然他們因力量而瘋狂，但骨子裡還是重親顧家的小市民。」

莎利葉的嘴角泛起一絲笑容，揶揄說：「你太卑鄙了！竟然利用別人的弱點。」

「孫子曰：『善戰者，制人而不制於人。』」龍耀冷冷的哼了一聲，說：「千古兵法，不外如是。如果說我是一個卑鄙的人，那歷代的軍事家同樣都是卑鄙的人。」

雖然莎利葉沒有聽懂古漢語的意思，但卻從語氣中感覺到了勝券在握，便安心的長舒了一口氣，說：「老闆娘的靈能，你看出來了嗎？」

「我仔細的觀察過她的每一個動作細節，推測她的靈能是通過嗅覺感應危險。」

「咦！鼻子能嗅到危險？這靈能太奇怪了吧！」

「不奇怪！這應該是一種預知能力，但只能預知危險的事情。不過，如果被她不斷的強化下去，她可能會變得無所不知，所以必須在今晚除掉她。」

「這麼狠！不給她一個機會嗎？」

「最後一個機會已經被她使用掉了。」

龍耀指的是老闆娘用家人威脅的事。

不一會兒，龍耀便來到了便利商店前，從袖子裡抖出三根針灸針，在防盜鎖裡輕捅了幾下，沉重的捲簾門便打開了。莎利葉搶先一步進入店內，飛身坐到了零食貨架頂上，一雙小手左右開弓的亂抓一通，將張小嘴塞得如同肉包子似的。

龍耀抬頭看了一眼監控攝影機，沿著牆壁上佈線走向主控電腦，中途還抓起了一個大酒瓶。龍耀舉起酒瓶摔碎在電腦上，酒水滲進了機箱電源內部。在一陣激烈的電火花中，電腦主機壞掉了，接著店裡的電閘跳了。

「別吃了！把所有的酒瓶都打碎，把酒撒滿房間的每一處。」龍耀一邊指揮著莎利葉，一邊扭開了煤氣閥門，嗆人的煤氣味頓時瀰漫開來。

「咳咳！你要幹什麼啊？」莎利葉咳嗽著說。

「既然老闆娘的靈能是感應危險，那我就讓這家店裡充滿危險，讓她的靈能沒有用武之處。」

「高招！」莎利葉揮舞起了鐮刀，將店裡的酒瓶統統敲碎。

就在這時，大塊的父母被敲打聲驚醒了，二老以為是小偷到店裡搗亂，所以拿著拖把和拐棍衝了下來。

在黑暗之中，兩名老人什麼也看不清，但龍耀卻能感應到靈氣，抖手彈出了四根針灸針。兩名老人被針封住了頸脈，像是爛泥似的癱倒了下去。

「把這兩人拖到地下室去，我到二樓抓他們的女兒。把他們的女兒當作陷阱的餌，一定會有事半功倍的效果。」

莎利葉抓起了兩名老人的腿，說：「你真是太壞了！幸虧我們是同夥，而不是敵人。」

「沒有妳的幫助！我『壞』不到這麼徹底。」龍耀邁步走上了樓梯。

推開臥室的門，床上空蕩蕩的，只有一隻布熊。明月已經從雲中鑽出，照亮了窗後的一片地，一隻小拖鞋倒扣在床下，床單的邊緣不斷的擺動著。

龍耀緩緩的走進臥室，安靜的蹲在了床腿旁。

「哇！走開！走開！」小女孩瑟縮的躲在床下，臉上流出閃亮的淚河，叫說：「爸爸，媽媽，快來救我啊！」

龍耀撿起床上的布熊，對著小女孩晃了晃，希望能引她出來。但讓龍耀沒有料想到的是，小女孩竟然遲疑的叫說：「哥……哥！哥……哥！龍耀哥哥，是你嗎？」

龍耀的眉頭頓時皺成一團，沒想到小丫頭這麼機靈，能在黑暗中認出自己來。龍耀不願再浪費時間，伸手生硬的將小女孩拉了出來，然後將布熊塞進了她的懷裡，又一針刺在她頸後的穴眼裡。

龍耀抱著昏厥的小女孩走到樓下，用龍涎絲將她吊到了天花板上，然後命令莎利葉躲到煤氣裡。

轟隆一聲響，便利店的門被撞碎了下來，大塊一馬當先衝到了室內，但卻沒注意到腳下的酒，狼狽的摔倒在了地板上。

大塊慌慌張張的爬起來，赫然見到龍耀坐在眼前，面無表情的俯視著他。大塊憤怒站起身來，舉拳就要打向龍耀的面門。龍耀卻一臉的無動於衷，只是輕輕勾了一下手指，小女孩被牽著晃悠起來。

大塊呆滯的望著半空中的女兒，眼球像鴨蛋似的凸了出來，身體不受控的發起了抖來。

此時，老闆娘喘息著走進門來，看到女兒被吊著的一瞬間，尖叫了起來，「啊！我的女兒……」

「噗——」老闆娘的尖叫聲還沒落，一聲悶響刺穿了她的後背，鋒利的鐮刀彎刃透胸而出。

老闆娘的嘴裡嘔出了鮮血，雙眼失神的望著丈夫和女兒，倒斃在了血與酒的混合物中。

莎利葉從煤氣中走了出來，一手舉著染血的鐮刀，一手握著兩根熱狗，對龍耀擺出一個「V」字。

大塊發瘋似的暴吼一聲，轉身掄拳砸向了莎利葉。

莎利葉的三隻眼睛一起閃光，揮鐮刀由外向內一切，將彎刃砍進了大塊的肩胛骨中，接著用力將那巨大的身體牽引起來，旋轉一圈後丟到了龍耀的面前。

「啊！終於吃飽了，力氣也恢復了。」莎利葉拍著鼓脹的肚皮說。

「妳的臂力很驚人！我推測是妳體重的十倍。」龍耀冷靜的計算。

「馬馬虎虎啦！這還不是我狀態最好的時候。」莎利葉聳了聳肩。

龍耀低頭看向了大塊，說：「哥，你已經沒有機會了。」

大塊舉起一個酒瓶想擲向龍耀，但猶豫了一下卻塞進了自己嘴裡。一瓶冰涼的烈酒下肚之後，大塊身體上的傷痛淡了下去，但心中的哀傷卻湧了上來。

大塊的臉上混雜著血和淚，呆呆的望向妻子的屍體。龍耀起身抱起了老闆娘，將她送進了丈夫的懷中。

「你們殺過多少名靈能者？」龍耀問。

「十四個。」大塊抱緊老婆的屍體，眼中透出一股溫情。

「你們殺死靈能者的時候，可曾想過他們也有親人？」

「想到過！所以，這幾天我一直在做噩夢。」

「那為什麼還要做？」

「因為枯林會的人威脅我們，如果不去獵殺靈能者的話，那我們的家人就會被處死。」大塊的眼睛裡流出悔恨的淚水，說：「是我們錯了！我們太自私了。」

龍耀看了看外面的街道，見已經有鄰居打開燈了，大概是聽到了店裡的動靜。

「我可以放你一條生路，但我還是建議你去死。」龍耀的話冷得像冰一樣，說：「如果枯林會的人知道你還活著，那你和你的家人都會受到追殺。而如果你和老闆娘都死在這裡，那你的家人就可以解脫了。」

「我已經沒有活下去的動力了，而且我也應該向死者償命。」大塊望著懷裡的妻子，又望向了女兒，說：「但是，我還有一個請求。」

「說吧！」

「我希望你能照顧我的女兒，她一直視你如親哥哥一般，而且你的實力比我們更強，你一定可以保護好她。」

龍耀沉默了！

「求你了！」大塊掙扎著起身，重重的跪倒在地。

龍耀伸手按住了大塊，稍微思考了幾秒鐘，說：「好吧！但我有一個要求。」

「你說。」

龍耀從櫃檯上拿起紙筆，說：「照我說的寫一份遺囑，就說你的妻子罹患惡疾，已經到了無藥可醫的地步。你萬念俱灰，願陪妻子共赴黃泉。遺產全由你女兒繼承，並希望沈麗女士收養她。」

大塊愣了一會兒，伸手接過了紙筆，說：「你做事真是周全，把女兒託付給你，果然是正確的。」

莎利葉邊吃零食，邊評論說：「的確很周全，這樣連殺人罪都洗脫了。」

龍耀搖了搖頭，說：「妳錯了！這是靈能者之間的戰爭，根本就不是什麼殺人案，普通法律在此已經無效了。」

「戰爭！我懂了……」莎利葉點了點頭。

龍耀把大塊寫完的遺囑，塞進了小女孩的睡衣裡，然後抱著她離開便利店，並丟給大塊一個打火機。

龍耀抱著小女孩坐到街旁長椅上，聽到身後傳來一陣劇烈的爆炸聲，接著灼熱的火流撲上了街道。龍耀眼望著昏暗的天空，陷入了長長的思考之中。

大塊夫妻的身體燒成了灰燼，兩道靈氣從頭頂釋放出來，像是長蛇似的交纏著飄出廢墟，徑直鑽進了龍耀的身體之中。

這就是獵殺後的靈氣轉移現象，也是造成無數慘劇的罪魁禍首。龍耀感覺到了靈力提高，但卻沒有一點興奮，反而心情越發變得沉重了。

莎利葉吃掉最後的糖果，突然想起了一件事情來，「糟糕！兩個老人還在地下室。」

「最近的消防隊離此只有十分鐘的路程，相信他們很快就會被救出來的。」龍耀歎了一口氣，說：「一切都在計算之中。」

「你好像有些悲傷。」莎利葉好奇靠到近前，伸手在龍耀眼角下一抹，抹起了一滴晶瑩的淚水，「看來『智者絕情』這話，也不是絕對正確的。」

「人非草木，孰能無情？所謂絕情，實為大情。智者的感情其實更多，只不過能用理智控制而已。」龍耀把小女孩平放在長椅上，小心翼翼的拔掉了針灸針，說：「妳看大塊夫婦的靈魂怎麼樣？」

「我現在的力量太低，看不到人類的靈魂。不過不用看也知道，肯定已經被污染了。」

遠處的街頭響起了尖銳的警報聲，消防車風馳電掣一般的趕來了，四周亮起燈光的窗戶也越來越多。

龍耀豎起了校服衣領，說：「枯林會，你們必將為此付出代價。」

龍耀和莎利葉走進了黑暗，海風捲著樹葉拂過街道，將他們來過的痕跡抹掉了。

林雨婷的神經比較纖細，睡覺時很容易被吵醒。幾輛消防車從窗外呼嘯而過，就將她從睡夢中驚醒過來。

在床上翻來覆去的躺了一會兒，林雨婷的腦海始終無法平復下來，葉晴雲和莎利葉的身影交替出現，這兩個女孩的存在讓她有點不安。尤其是莎利葉這個外國小丫頭，讓林雨婷有點摸不著頭腦。

最終，林雨婷決定先去一趟廁所，然後偷偷看一下書房的情況。

「吱呀呀——」

書房的門被輕輕的推開了，林雨婷把半個腦袋探了進去。但讓她驚訝的是房內空無一人，只有一扇虛掩的窗戶發出碰撞聲。

林雨婷奇怪的關上了窗戶，轉身看到電腦還開著。

「偷看別人的隱私是不好的，不能看，不能看，不能看……」

雖然林雨婷一直在這樣告誡著自己，但身體還是不受控制的坐到了電腦桌前。一封E-mail出現在顯眼的位置上，信首的圖標表示還沒打開過。

林雨婷搖晃著鼠標，猶豫要不要點下去。

就在這時候，一陣劇烈的雨點拍打在玻璃上，嚇得林雨婷抬頭望向了窗戶，見窗戶縫隙又打開了。

正在林雨婷奇怪的時候，一個聲音在背後響起，說：「點開電子郵件看看。」

「啊——唔——」林雨婷剛要大叫，卻被人捏住了嘴巴。

龍耀如幽靈一般的出現在背後，用手指掐在林雨婷的頷骨上，阻止她發出大音量的驚叫。

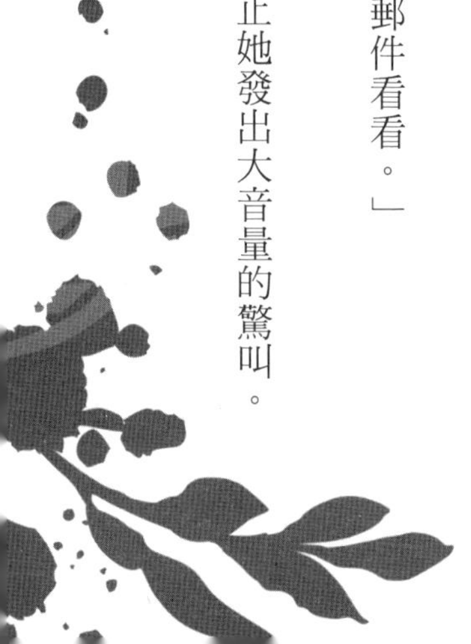

「啊！嚇死我了。」林雨婷推開龍耀的手，驚魂未定的問：「你剛才去哪裡了，怎麼跟幽靈似的？」。

龍耀抖了抖衣服上的雨點，估計林雨婷進來沒有多久，便沉著的回答說：「去廁所。」

「別騙我！我剛去過。」

就算是謊言被當面拆穿了，龍耀也沒有露出絲毫慌張，說：「家裡有兩間。」

「那外國小丫頭呢，你們不會一起去吧？」林雨婷提出了新的疑問。

莎利葉手托著兩塊蛋糕，大搖大擺的走進門來，說：「誰把蛋糕放進冰箱裡的？我不喜歡吃冷食啊！」

龍耀的眼皮垂了下來，說：「妳還沒吃飽啊？」

莎利葉大口咀嚼著，說：「更餓了！明天再買一百盒蛋糕吧。」

龍耀抬頭看向天花板，在心中盤算了一下，說：「我明天把那家糕點店買下來吧！」

「哈！真的嗎？果然跟一個有錢人，待遇就是不一樣啊！」莎利葉歡喜的跳了起來，想要抱一下龍耀，但卻被林雨婷攬進了懷裡。

林雨婷一手抱住莎利葉，一手指著龍耀的鼻子尖，像是夫妻在為教育方針而起爭執似的，說：「龍耀，你不能這麼寵她，會教壞小孩子的。」

「我只是出於利益的考慮，收購糕點店比每天買蛋糕更節約。」龍耀坐到了電腦桌前，說：「另外，這是我的私事，妳最好不要管。」

「哼！」林雨婷噘高了嘴巴。

龍耀打開電腦中的E-mail，見是獵頭公司發來的資料，裡面提供了十名候選人才，都是生物領域的專家。林雨婷也靠了上來，和龍耀一起看向正文。

但僅看了第一名候選人的資料後，兩人就目瞪口呆的對視了起來，原來獵頭公司推薦的最佳人選不是別人，正是龍耀的母親——沈麗。

「哇！沒想到，媽媽這麼厲害？」林雨婷驚歎說。

龍耀眉頭皺了皺，說：「關於招聘我媽的事，就全權交由妳處理了，但千萬不要暴露我的身份。」

「你神神秘秘的搞什麼啊？為什麼不能讓媽媽知道你是幕後老闆？」

「不該問的事，妳少問。」

「哼！」林雨婷的嘴巴繼續噘高，已經可以在上面擺塊蛋糕了。

「剩下的九名人選，妳電話面試一下，從中挑出三名來。再加上妳和我媽，前期有五名技術員，已經足夠應付生產了。等公司的規模做大之後，優先收購一家大型實驗室，我們不能只靠技術轉讓，必須擁有自己的研發能力。」

林雨婷側望著龍耀的眼睛，感覺他的雙眼正在發光，那光指引著她前進的方向。

就在林雨婷出神的時候，忽然龍耀敲了敲桌子，說：「有人在按門鈴，妳開門去看看。」

「咦！我怎麼沒聽見。」林雨婷驚訝的說。

龍耀盯著螢幕沒動，說：「快去！」

「古古怪怪的，搞什麼啊？」林雨婷不滿的嘟噥著，警惕的打開了房門。

門階上站著兩名警察，其中的一個舉著手指，做出要按門鈴的姿勢，但因為房門突然打開，而讓他陷入了呆愣之中。

另一名警察看到林雨婷，趕緊向前走了兩步，說：「請問是沈麗女士嗎？」

「不是，我媽在睡覺，要叫醒她嗎？」

「哦！不必了，請妳轉告一下就行了。」

「好的！有什麼事？」

「沈麗女士的兩位鄰居，在半小時前縱火自殺了。他們留下了一份遺囑，希望沈麗女士能收養他們的女兒。我們今晚只是來告知一聲，希望她明天去一趟警局。」

「自殺？」林雨婷重複了一聲，面色變得一片蒼白。

兩名警察對視了一眼，表情也變得肅穆起來，說：「請節哀順便，我們先走了。」

林雨婷雖然不認識死者，但聽說附近有人死掉了，所受到的衝擊依然不小。動作沉重的關掉門後，她轉身看到龍耀站在客廳裡。

「這事由我告訴媽媽。」龍耀說。

「你認識死者嗎？」林雨婷輕聲問。

龍耀沒有回答這個問題，而是冷冰冰的指向臥室，說：「去睡覺吧！明天妳還有工作。」

待林雨婷關上臥室的門後，龍耀才走到客廳的窗戶前，仰頭望向了昏暗的天空。幾縷閃電如魚似的游過天空，鉛塊似的烏雲正在慢慢泛白，曙光從雲朵的邊緣透射了出來。

看來陰雨天終於要過去了，這場雨給龍耀帶來了智慧，也給他展示了一個新世界。從此，他不再是那個上課走神的平凡少年，而是成了擁有異能的「超級英雄」。

但與生理上的劇變不同，龍耀還沒有作好心理準備，他不知道自己該如何面對新世界，該將異能應用到什麼地方。

莎利葉嚼著蛋糕走近，說：「你在想什麼？」

龍耀的眼中閃爍著精光，說：「能力和責任。」

「能力越大，責任越大，這是無法逃避的。」莎利葉也站到了窗前，但因為身材太矮的關係，所以只能把腦袋露出窗臺。

龍耀想起了葉晴雲，補充說：「還有正義。」

「做該做的，就是責任。完成責任，就是正義。」

「妳的正義，不免狹隘了吧？」

「狹隘的正義，才是真正的正義。」

「我不懂。」

這次輪到龍耀搖頭了。雖然龍耀的智商非常高，但閱歷跟莎利葉沒法比。

「我跟你講一個故事。」

莎利葉抬頭望向了天空，三隻眼睛變得無限深邃。龍耀身邊的空間扭曲了，意識穿越過千萬年的時空，來到了一片荒涼的古戰場上。

那是一場慘絕人寰的大戰，七名上位天使懸浮在空中，向著人間無情的施放災難。地震、火災、洪水、猛獸在大地上肆虐，大批無辜的人類成為了受難者。

龍耀站在戰場上，說：「這是什麼啊？」

莎利葉黯然的說：「這是在幾十個世紀前，包括我在內的七位天使，受命淨化污穢的人間，其實就是消滅信仰不同的種族。我們高舉『正義』的大旗，消滅了三分之一的人類。」

龍耀驚訝的望著莎利葉，臉色變得如同土灰一般。四周的景象變幻了起來，天空中的流星停止了，地面上的洪水也退了下去，只剩下一個滿是硝煙的殘破世界。

此時，六名天使變成光束飛上雲霄，只剩下一人孤寂的停在空中。她俯視著這片滿目瘡痍的大地，臉上滾落下了三滴晶瑩的眼淚。同時，她潔白如雪的羽翼起了變化，由聖潔的白變成了陰鬱的紫色，並且羽毛的尾翎處生出了眼睛，那些眼睛裡充滿了無奈、悔恨和憤怒。

「那就是妳嗎？」龍耀看不清那天使的樣子，但估計是莎利葉的真身。

「是的！」莎利葉點了點頭，說：「我在那時終於明白了，這世上根本不存在絕對的正義，『絕對正義』只是謀求私欲的藉口。如果說這世界上還有正義，那就是每個人自己的正義，只有自己的正義，才是真正的正義。」

四周的景物再變，龍耀返回了現實。

龍耀深吸了一口氣，說：「那妳的正義是什麼？」

「我的正義就是守護人類的靈魂，為了向大戰的亡魂們贖罪，也為了避免災難再次發生。」

「那我的正義是什麼？」

「這要問你自己了！」

兩人沉默的站在窗前，再也沒有一句對話了。

# 013 夢遊危機

第二天，鄰居們都在議論大塊夫妻的事，街道上縈繞著一股肅穆的氛圍。

龍耀在早晨才把消息傳達給沈麗，沈麗來不及化妝就急匆匆的出門了。林雨婷的情緒也有一些低落，但還是強打精神去籌備新公司的事情。

只有龍耀依然保持著淡然的神情，領著莎利葉去了昨天的糕點店，以高於市價百分之二十五的價錢收購了下來。然後，龍耀讓他的新員工到附近的西餐廳訂了外賣，因為他已經預計到沈麗今晚不會做飯了。

迅速有效的處理完瑣事後，龍耀帶著莎利葉去了海邊，找了一個行人罕至的地段。莎利葉顯然在地獄裡悶壞了，看到波濤浩瀚的大海非常的開心。

龍耀找了一塊突兀的礁山，面海閉目盤膝打坐起來。他運用對身體的超強控制力，慢慢的封閉了自己的五感，只留下第六感去捕捉自然中的靈氣，然後將那些靈氣收納到自己體內。

莎利葉追逐著浪花跑出去好遠，突然感覺一股異樣的氣息出現了，四周的靈氣都聚攏向了龍耀，同時她感覺到體內的力量正在上升。

莎利葉展翅飛回了龍耀身旁，龍耀緩緩的睜開了一隻眼睛，說：「不要在公眾場合打開翅膀，會引來不必要的麻煩。」

「你在做什麼？」莎利葉好奇的問。

「繼續昨晚的鍛鍊。」

「咦！昨晚我可不是這麼教你的。極限鍛鍊是把靈氣釋放出去，而你怎麼把靈氣吸進來了？」

「我在進行極限鍛鍊時，感覺反其道也是可行的。東方以前就有『吸天地之精華，納日月之靈氣』的說法，所以我估計這種鍛鍊方法更適合我。」龍耀又把眼睛閉上了。

「這就是天才的實力嗎？」莎利葉噘了噘嘴，又說：「昨晚經歷過一場親友的相殺，我以為你會沉淪一段時間呢！」

「我可沒有那麼多閒工夫。」龍耀的嘴角輕輕一撇，說：「而且如果我不抓緊時間提升能力，那大塊的慘劇遲早會發生在我身上。」

莎利葉輕輕的點了點頭，倚著龍耀的後背坐下，說：「你是不是該考慮一下葉晴雲的建議？憑個人的力量對抗一個組織，實在是不容易。如果藉助靈樹會的力量，那我們的現況會好許多。」

「我也考慮過妳說的這種情況，但現在還不知道靈樹會的底細，我怕會陷入更大的泥沼之中。」

「難道你不信任葉晴雲？」

「對！」

「你好多疑啊！」

「多疑是高智商帶來的副作用，我也無法克服這個缺陷。」龍耀輕輕的搖著頭，「我不能放任情感去相信別人，只有利益上的交換才會讓我信任。」

「那你相信我嗎？」

「暫時相信！因為我們的利益一致，而且還有一道召喚契約。」

「那你有什麼計劃?」

「保持中立，亂中取利。不急於加入任何一個組織，而是趁兩組織亂戰之際，調查靈種背後的秘密。」

莎利葉閉上了三隻水晶般的眼睛，舒舒服服的倚靠在龍耀的後背上，說：「有一個智者通靈師，讓我安心了許多。」

龍耀閉著雙眼做著靈力方面的鍛鍊，莎利葉則講了一些歷史上不曾記載的故事，兩人就這樣在礁石上坐了一天。這情形根本不像是來自兩個世界的人，倒像是久未重逢的青梅竹馬在追憶感情。

傍晚的時候，龍耀和莎利葉回到了家中，不一會兒西餐外賣也送來了。龍耀估計沈麗會很晚回家，便和莎利葉先吃了起來。

兩人吃到一半的時候，林雨婷搖晃著走進客廳，筆直的躺倒在了沙發上，差點把兔子壓在身下。兔子沒好氣的跳了起來，在她的臉上一陣亂踩。

「累死我了!」林雨婷叫嚷。

「助手，我交代妳的事，辦得怎麼樣了?」龍耀邊吃邊問。

「電話面試的事已經辦妥了，工廠籌建的事也有著落了。」

「什麼時候能正式開工？」

「用不了半個月。」

「半個月，我的投資都發霉了。」龍耀豎起三個手指，說：「三天。」

「這不可能的。」

「妳爸以前也是個老闆，應該很擅長這方面吧？讓他來負責這一部分。」

「我都要忙昏頭了，差點把我爸忘了。」林雨婷像是上緊發條的木偶似的，一下子從沙發上彈跳了起來，說：「龍耀，我們去見爸爸吧！」

龍耀白了林雨婷一眼，說：「我沒空。」

「你一個高中學生，一天到晚忙什麼啊？」

「拯救世界。」龍耀說。

林雨婷的嘴角抽搐了兩下，說：「你是超人，還是蜘蛛人啊？」

龍耀指了指餐桌，說：「坐下來，邊吃邊談。」

關於公司的建設和發展問題，龍耀和林雨婷商討了四個多小時，直至聽到沈麗回家才停下話題。林雨婷看到沈麗疲憊的樣子，趕緊跑前跑後的獻起了殷勤。

沈麗的低落情緒感染了大家，連兔子都關掉電視不再亂跳了。

就這樣沉默了一個小時，時間快要接近午夜子時了，龍耀忽然察覺到一絲異樣。他走到窗前看了一眼屋外，雙眼的瞳孔猛的放大了。

鄰居們莫名其妙的站在街上，搖搖晃晃的像殭屍似的。他們拖著軟綿綿的步子，雙手僵硬的前伸著，眼睛似睜非睜的仍在沉睡，有些嘴裡還不斷的發出鼾聲。

龍耀「刷」的一聲拉上了窗簾，對沈麗和林雨婷嚴肅的說：「我有事情先出去一下，在我回家之前不要睡。」

「都這麼晚了，你有什麼事啊？」林雨婷奇怪的問。

「妳不要管了！還有，不管外面發生什麼事情，都不要打開窗簾向外看。」龍耀向莎利葉勾了勾手指，兩人默契的走出了家門。

被催眠的人完全不知道自己在做什麼，只是緩慢的朝著大海的方向移動。

當夢遊者經過一些居住區時，睡覺的人都會被催眠加入隊伍，而那些清醒的人則被嚇得不斷尖叫，以為是「生化危機」爆發了。

夢遊者的隊伍不斷的擴大，當走到海岸線的時候，已經有四、五千人之多了。

這種大規模的「散步」，自然驚動當地的警方。但警察也拿他們沒辦法，反而要用警車開道，避免夢遊者造成車禍。

夢遊者大軍沿著海岸線繼續移動，並在沿途收集更多的居民加入。

龍耀混雜在夢遊者之中，留意著四周的蛛絲馬跡，他敏銳的感應到了靈氣，推測是有靈能者在幕後操縱。

當隊伍到達海岸線後，龍耀的感覺更加強烈了，終於感覺到了具體方位。原來在黑暗的大海之上，有一艘塗了黑漆的小型遊艇，靈氣就從那裡發出來的。

「莎利葉，妳去海上看一看。如果發現可疑目標，就隱身在他們旁邊，不要輕舉妄動。」龍耀說。

「知道了！」

莎利葉向前慢走了兩步，身體緩緩的變成了透明狀。她登上了一輛停在路邊的汽車，猛的張開了背後的六隻紫色大翼，貼著水面飛進了無邊的黑暗之中。

龍耀繼續隨著夢遊隊伍前進，沿著曲曲折折的觀海棧道，一直來到了繁華的臨海街。然後隊伍放慢了腳步，有些夢遊者停在了街頭，將警察隔離在了外圍。其餘的人圍攏向了一幢別墅，像是殭屍圍城似的敲打起了房門。

龍耀看了一眼那幢小洋樓，認出那是王老闆的住宅。

夢遊者根本不知道痛苦，用血肉之軀直接撞擊門窗，縱使雙手被玻璃劃得鮮血淋漓，也絲毫沒有停下來的意思。當門窗變得破爛之後，夢遊者開始向內攀爬。

忽然，別墅裡的燈全部亮了起來，門廳裡傳來一聲嬌喝聲。

「滾出去！」

「轟」的一聲響，拳勁像暴風似的充滿了走廊，幾個夢遊者橫著飛摔了出去，撞翻了門外更多的夢遊者。

王風鈴雙手握拳，冷眼站在門廊前，大有「一夫當關，萬夫莫開」的氣勢。但夢遊者卻不知道害怕，繼續朝著房門的方向前進著，被王風鈴的拳頭一次次的打飛出去。

就在王風鈴全神關注眼前時，忽然身後被一個男人給抱住了，大手緊緊的罩在了她的胸部。

「呀！」王風鈴發出了一聲嬌叫，沉腰扭胯將身後的人摔出。

那人竟是還在熟睡中的王老闆，他像只保齡球似的滾上了公路，將一圈夢遊者撞翻在了地上。

伴隨著一陣急促的腳步聲，葉晴雲喘著粗氣跑了下來，說：「師姐，妳把姑夫打飛了。」

王風鈴雙手緊抱在了胸前，俏臉漲得像紅蘋果似的，說：「誰，誰，誰叫他摸我胸部的，活該！」

「嘿嘿！小妞把胸脯也給哥哥摸一摸吧！」

隨著這一聲猥瑣的笑，四隻手從地下伸了出來，攥住了王風鈴和葉晴雲的腳。

「啊——」

王風鈴大吼了一聲，猛的一拳捶在地上。強大的拳勁貫地而入，發出一聲震撼的悶響，四隻手當場被震斷了下來。但那四隻手依然能活動，搖搖扭扭的沉進了地下。

就在王風鈴關注地面的時候，一柄閃亮的砍骨刀從上方襲來。

「時間停滯吧——」

葉晴雲施放出了靈能力，周圍的時間突然停止了。

在靜止鏡頭中，一個怪人從空中降下，雙手握著一把砍骨刀。這怪人的外表十分奇特，身體長得又高又瘦，但頭顱卻十分肥大。而且讓人觸目驚心的是，怪人少了一隻眼睛，卻多長了一個嘴巴，兩張嘴一高一低的排列著。

趁著怪人定格在半空中，王風鈴猛的收緊了雙拳，小臂骨骼處發出一聲脆響，兩支骨刃突然破皮而出，形狀就像螳螂的前臂似的。

螳螂骨刃交叉著砍出，怪人的胸前發出裂響，出現了一個「X」形傷口。

下一秒鐘，時間再開，怪人向後飛摔了出去，同時傷口噴出血來。

龍耀躲在夢遊者的隊伍中，觀察著這驚人的一幕，突然想起了這怪人的身份。原來那是瘦子和屠夫的合體，兩塊沒有破壞的殘體接合在一起了。

龍耀推測「寄生殘體」就是屠夫的靈能力，只要他舌頭下的靈樹沒有被破壞，那麼他就可以不斷的更換身體。

「真是噁心的能力！」龍耀低聲感歎了一句。

海上的遊艇，此時靠到了岸邊，艇上的人顯露了出來。

船頭站著一個年輕的男人，長髮垂落在左眼前，將半邊臉遮擋在陰影中，另半邊臉掛著寒冷的微笑。男人的身後擺著一把椅子，上面坐著一個文靜的女人，女人的眼睛上遮著一條黑絲帶，密集靈氣從她的頭頂散逸了出來。

年輕男子甩了甩頭髮，薄而發白的嘴唇活動了一下，說：「晴雲，一別三年，妳變漂亮了。」

葉晴雲聽到這一聲呼喚，全身猶如雷劈般的一震，「劉飛，竟然是你？」

「晴雲，我回來接妳了，就如三年前約定的一般。」

「你還敢說！我們的靈種本是一對的，但你卻在三年前背叛了我，不僅加入枯林會，還打傷我姑姑。」

「晴雲，我沒有背叛妳，妳被靈樹會騙了。和我一起加入枯林會吧，到時妳就會知道一切。」

「休想！」葉晴雲咬牙切齒的回絕了，又說：「你今晚挾持這麼多人質，不會只是為了來想見我吧？」

「的確不是。」劉飛的臉又陰沉了下來，說：「我是來奪取稀有靈種的。」

龍耀靜悄悄的躲在夢遊者之中，旁觀著這場「故人重逢」的好戲，嘴角不由自主的抽搐了兩下，喃喃自語說：「原來偶像劇的情節是有現實根據的。」

龍耀避開了葉晴雲的目光，繞到別墅側面的夾道處，手攀著水管爬了上去。用針灸針輕輕挑開窗鎖，龍耀翻身進到了別墅的第三層中。

這一層樓就像是一幢圖書館，敞開的大廳裡擺滿了書架，一排連著一排就像骨牌似的。

龍耀隨手從書架中取下一本書，翻了幾頁發現都是看不懂的文字，便繼續向著書架深處走去。龍耀連續走過十個書架之後，面前突然出現一塊紅地毯，地毯上擺著精緻的茶几，紅茶壺還在冒熱氣。

茶壺旁邊疊放著書籍和筆記，還有一盞樹型的水晶臺燈，樹枝上掛著靈種形的燈泡。茶几的旁邊有一把輪椅，輪椅的主人專心的讀著一本書，花白的頭髮在燈光中閃著銀光。

輪椅的主人緩緩的抬起頭來，露出一張慈祥又睿智的面孔，「龍耀。」

龍耀凝視著對方，說：「葉可怡。」

「我們終於見面了。」

「是啊！」

葉可怡倒了一杯茶，指著對面的椅子，說：「坐吧！」

龍耀坐到了桌旁，抿了一口紅茶，說：「妳腰下的靈氣被切斷了！」

「是的！三年前被劉飛偷襲，他的靈能力就是切斷。」

「也許我能幫妳接續上。」

一個癱瘓的人聽到這句話，本應激動的無法抑制，但葉可怡卻依舊淡定，說：「這個不急！當務之急是解除夢遊者的危機，我猜測你也是為此事而來的。」

龍耀聽到了一個可疑的詞，便追問說：「妳不是會掃描別人的精神嗎？這種事還需要『猜測』嗎？」

「呵呵！說來慚愧。精神靈能雖然強大，但卻十分消耗我的精力，尤其是掃描那些意志堅定或智慧超凡的人。上次我為了救風鈴，而強制掃描並控制你，但短短的幾秒鐘接觸，就讓我頭痛欲裂了。」

「難怪妳不用靈能力去對付劉飛。」

「現在能對付劉飛的人，這座城市裡只有你了。」

「可我為什麼要對付他？」

「你應該有要保護的人吧？比如你的父母、朋友、同學……」

「看來就算妳不用精神靈能，一樣是個很高明的心理學家。」

「過獎了！」葉可怡露出一抹淺淺的微笑，這表情與葉晴雲很有幾分神似。

「我可以幫你們，但僅限於今晚這次，我是不會加入靈樹會的。」

「可以！」葉可怡點了點頭，說：「你有辦法退敵嗎？」

「有！把那顆稀有靈種交給劉飛。」龍耀輕描淡寫的說。

「那如果劉飛得寸進尺，想帶走晴雲，或逼你加入枯木會呢？」

龍耀捏著下巴思考一會兒，說：「我已經想到了幾個計策，但都需要實力作為保障。」

「我們的實力不夠嗎？」

龍耀扭頭看到旁邊放著一塊白板，便撿起一支水性筆邊寫邊說起來，「對方有四名靈能者，LV4的強靈系切斷能力者，LV2的強靈系多手能力者，LV2的智靈系操夢能力者，LV1的強靈系寄生能力者。我方也有四名靈能者，LV5的智靈系精神能力者，LV4的智靈系時間能力者，LV3的強靈系骨刃能力者，LV2.5的通靈系召喚能力者。」

「從表面上看，我們占大優，但實際卻相反。妳身體有殘疾，班長有傷在身，妳們都不能作為戰力。王風鈴對付不了多手和寄生，而我也沒把握對付劉飛和操夢者。」

葉可怡點頭表示認可，說：「那如果把你的靈力提升到LV4，你有辦法解決這次危機嗎？」

「我不僅能解決今晚的，我還會永絕這一後患。」龍耀信心十足的點了點頭，又說：「不過，妳所說的方法是什麼，不會是要我殺了你吧？」

「殺掉我，取走我的靈能，的確是一個辦法。不過我還有更好的辦法。」葉可怡咬破了食指的指腹，用血在桌上畫了一副法陣，在每一條線上寫上符號，然後靜心屏氣的了一會兒，說：「LV5靈能者葉可怡，呼叫靈樹會書庫長。」

稍微等了一會兒，法陣旋轉了起來，有蒼老的聲音響起，說：「老夫便是書庫長，我的弟子葉可怡，有什麼事情嗎？」

「恩師，我要將我的入靈資格，讓給一個我信任的人。」

「入靈的資格，只有LV5的靈能者才能擁有，並且一生只有一次機會。」

「我知道！但我還要堅持申請。」

「那我要與會長商量一下。」

「師父，現在事態緊迫，牽扯眾多生命，我們拖延不起啊！」

「哦！為師明白了。那我特准妳的入靈請求，入靈通道馬上打開。」

蒼老的聲音越飄越遠，漸漸的消失於虛空，同時法陣卻擴大了起來，有精純的靈氣有中逸出。

龍耀驚訝的看著這一幕，問說：「什麼叫入靈？」

「入靈，就是將身心暫時渡入靈能書庫之中，在那裡尋找升級靈能的《靈如要訣》。《靈如要訣》的原作者已不可考，只知道他寫下了一千篇修靈要訣。靈樹會擁有六百篇，枯林會擁有三百篇，還有一百篇散失在外。每一篇只能給一個人用，用過之後就會自動消失。」

「獨一無二的不可再生資源？」

「對！所以說只有LV5以上的靈能者，並且擁有功績的人才有資格入靈。我雖然擁有入靈的資格，但因為半身癱瘓一直沒有使用，今天我要把這神聖的權力讓給你。」

「我可以治好妳的癱瘓。」

「這以後再說吧！現在我的責任是保護這座城市的無辜者。」

龍耀沉默了一會兒，喃喃自語：「責任與正義嗎？」

「你說什麼？」

「哦！沒什麼。要怎麼入靈？」

「把你的靈樹放進魔法陣就行了。」

龍耀點頭將手伸進了魔法陣，靈氣突然如噴泉似的湧出，將整個別墅的三樓都填滿了。龍耀在靈氣的風暴中飛旋著，當身體再次恢復平衡的時候，他發現自己飄在一座書庫之中。

六面巨大的書櫃拼合成一個六邊形，每一個書櫃上有一百個書架，有的書架已經被抽空了，有的則放著樹皮書卷。

書庫長的聲音再度響起，說：「年輕人，用你的直覺去選一篇吧。」

龍耀慢慢的封閉了自己的五感，將所有精力都貫注於第六感，用直覺的觸手去探尋觸摸，尋找最適合自己的那一篇靈訣。

忽然，最上層的一篇靈訣在第六感的撥弄下，如同有反應的生命似的給予了回應。龍耀伸手抓住了那篇靈訣，同時洶湧的靈氣再度湧了起來。

「啊！」龍耀驚醒了過來，發現還坐在桌旁。

葉可怡緊張的坐在對面，說：「你拿到了什麼？」

「拿到了這一篇。」龍耀把拳頭伸出去，卻突然發現手中空空，「咦！樹皮書卷呢？」

「別急！都在你的靈樹上。」葉可怡攤平龍耀的手。

靈樹發出一道鮮紅的光，樹根已經扎進了手腕，樹枝長到手指根部。手心中原本那棵羸弱的小樹苗，如今已經長成了參天大樹。

葉可怡從身旁的書架裡抽了一本書來，說：「《靈如要訣》共分六部分，分別代表金、木、水、火、土、氣六種元素。每個人的靈樹是以其中的一種元素為根，另外五種元素為枝，共同組成一個靈訣體系。」

「那我的靈訣到底是什麼？」龍耀問。

葉可怡翻出書中的圖譜，與龍耀的靈樹比對一番，驚訝的說：「你的靈根是『氣』，這靈訣名為『奪天地一氣』，意為天地以人為尊，萬物都應俯首稱臣，供納一氣為君享用。好霸道的靈訣，這在古代是帝王之命了。」

「呵！那看來我是生不逢時啊！」龍耀開玩笑說。

突然，陰森詭異的氣氛籠罩了整個房間，幾十隻手如藤蔓似的從地板下伸出，同時一個陰森森的聲音，說：「那我送你去投胎轉世吧！」

所有的手臂突然攥成了拳頭，像是火箭發射似的沖天飛起，撞碎房間裡的書架和桌子，直直的撞擊在了天花板上。手臂在天花板上扭動著，每一隻都抓住另一隻的手肘，像是一條蜿蜒的蛇一般，追著龍耀撲抓了過來。

龍耀踢翻茶几擋下了手臂，雙手抱起行動不便的葉可怡，踩著書架衝往出口的方向。幾隻手臂從門框裡伸出，十指相握的攥在了一起，將門牢牢的封鎖住了。

龍耀將懷中的葉可怡一轉，由身前轉成了背後姿勢，然後騰出手來抽出針灸針，猛的刺向了擋門的手臂。

「啊！」有慘叫聲在二樓發出，同時手臂顫抖了起來。

龍耀一腿踢開鬆弛的手臂，背著葉可怡衝下了樓梯，說：「靈如要訣，怎麼使用？」

「運用之妙，存乎一心。」葉可怡緊貼在龍耀背上，說：「靈如要訣不是武功，而是心法。如果你想到了什麼運用方法，就用自己的手段表現出來。」

「妳說得還真抽象！如果換作別人，恐怕很難理解，幸虧我……」

「幸虧你智商高，對吧？」

「不！幸虧我從小就愛看武俠小說，早就見慣了『以無招勝有招』。」

「呃！」

龍耀一腳踢開了二樓的起居室，打開第六感掃描了一下房間，將葉可怡放到了一張床上，然後猛的撕掉了角落裡的窗簾。

窗簾落下後，露出一個又瘦又矮的青年人，臉上佈滿了惶恐的表情。他肩膀下的每一根肋骨上，都長著一雙不同的手臂，整體形象就像是一隻大蜈蚣。

「你就是那個多手能力者吧？果然長得就像一隻藏頭縮尾的蟲子。」龍耀說。

「啊！我不想見人，我不想見人。」多手靈能者向著牆壁一撞，竟然如鑽豆腐似的沒了進去，「我要殺了你，我要殺了你。」

龍耀冷靜的看著這一幕，見他身體陷入一半時，忽然打開了第六感，看到了他的靈氣脈絡。

「奪天地一氣。」

龍耀發動了靈如要訣，一把攥住了對方的靈氣，竟如剝繭抽絲似的抓了出來。

多手靈能者的靈能頓時失效，半截身體卡在了牆壁之中。牆壁如鍘刀似的慢慢合攏起來，將多手靈能者的身體擠斷成了兩半。多手靈能者的上半截身體掉下了樓去，而下半身體卻留在了房間裡。

「好可怕的靈能力！但更可怕的是你的用法。」葉可怡說。

龍耀踢開了半截屍體，說：「雖然這種靈能看起來很可怕，但我還沒有完全掌握法門，所以我不想與劉飛硬拼。」

「你已經有計策了嗎？」

「把那顆稀有靈種給我。」龍耀伸出手來。

葉可怡稍微猶豫了一下，還是點頭從衣內摸出。靈種被人為的裹在了一團松脂裡，可能是怕不小心碰上後，會對靈能者產生排斥反應。這顆靈種與龍耀的那顆很像，但臉上卻是驚訝的表情，大瞪著眼睛和嘴巴十分誇張。

龍耀捏在手裡仔細觀察了一陣，忽然他的手機響起了鈴聲。手機接通之後，聽筒裡響起林雨婷的慵懶聲音，說：「龍耀，你怎麼還不回家？我和媽媽都想睡了。」

「再等三分鐘，只需要三分鐘。」龍耀掛掉了手機，轉身走向了一樓。

在一樓的門廊處，王風鈴還在死守著這道門戶，雖然她的實力遠高於屠夫，但無奈有許多夢遊者掣肘，不敢施放出大威力的靈能殺招，所以身上已經有了幾處掛彩。

而葉晴雲已經沒有靈力發動靈能了，她只能寄希望於用言語勸退劉飛的進攻，但這種行為顯然跟「與虎謀皮」無異。

劉飛聽完葉晴雲的陳述，便說：「晴雲，只要妳肯跟我走，我就放過妳姑姑和師姐。請妳相信我，我是最愛妳的人。」

這時候，劉飛身後的操夢者坐不住了，起身說：「阿飛，我才是最愛你的人，那個女人有什麼好的？」

「不許侮辱她。」劉飛面無表情的一揚手，抽了操夢者一個耳光。操夢者摔倒在了地上，嘴角流出一絲鮮血，眼上的黑紗也掉落了。

操夢者的精神渙散之後，夢遊者頓時失去了控制，像木偶似的倒地睡了起來。

「晴雲，跟我走吧！否則我什麼事都可能做出來。」劉飛的臉一陣扭曲，眼睛裡充滿了血絲。

葉晴雲被嚇得一陣癱軟，王風鈴的趕緊過來扶住。屠夫趁機衝了上來，砍骨刀隨風而至。

就在這千鈞一髮的時刻，四根針灸針飛了出來，釘在屠夫的四個大穴上，將他身上的靈氣封住了。

「她不會跟你走的。」龍耀從門廊裡走了出來，一腳將屠夫踢飛了出去。

屠夫一邊飛在空中，一邊大聲叫喊：「是他！就是他！他就那個稀有靈能者。」

「你就是那個糾纏晴雲的人？」劉飛的眼神頓時一凜，抬手劈出一道銳利的靈氣。

「莎利葉，動手！」龍耀突然喊叫。

莎利葉一直隱身在遊艇中，此時突然橫掃出了鐮刀，要把劉飛腰斬在當場。但劉飛不愧是LV4的靈能者，竟然瞬間感應到了刀刃的方向，拖著那道銳利的靈氣回身一擋。

「噹」的一聲，兩道無形的利刃交擊在一起，然後兩人都被崩開向了兩邊。劉飛向後空翻站到了一塊礁石上，而莎利葉則借力來到了岸上。

與此同時，沿著劉飛剛才手臂的方向，一道巨大的裂口出現了。那裂口從龍耀腳下開始，整齊的割開草地和公路，一直延伸到了海水中，最後將遊艇一分為二。

龍耀額頭上滲出一層冷汗，心想如果剛才莎利葉沒出手，自己恐怕已經被切成兩半了，真不虧是LV4的切割靈能者。

「啊！」劉飛狂吼了一聲，抬手又要攻過來。

龍耀擺出淡定的樣子，舉左手托出了靈種，說：「你今天的目的是這個吧？」

劉飛的手定在半空中，說：「你想幹什麼？」

「我們來做一個交易吧！我把靈種送給你，你把操夢者交給我。」

「你有什麼目的？」

「我不是靈樹會的人，也不想與你們為敵。我的目的很簡單，只是想讓我媽去睡覺。」

劉飛低頭思考了一會兒，突然嘴角泛出一絲冷笑，說：「我明白了！你是想保護這座城市吧？哈哈！原來是個自詡正義的傻瓜，難怪晴雲會暫時迷戀你，但她最終將會明白我才是對的。」

「隨便你怎麼想！」龍耀聳了聳肩膀，說：「這個交易不錯吧？如果真要動手的話，你也未必能佔便宜。」

「好！但你先交出靈種來。」

龍耀看了一眼葉晴雲，將靈種輕輕的拋了出去，說：「希望你不要在最愛的女人面前失言。」

「當然了！」

劉飛的臉又是一陣扭曲，接過靈種仔細的看了一陣，說：「是真的。」

「把操夢者交給我吧！」

「哈哈！你不就是怕今晚的事情重演嗎？我幫你解決了她就行了。」劉飛大笑著砍出了靈刃，將落水的操夢者一刀斬成了兩半，「你要是堅持還想要的話，就自己到海裡來撈吧！」

「啊！」葉晴雲發出一聲驚叫，倒在了師姐的懷抱裡。

龍耀冷眼旁觀著這一切，再次加深了對劉飛的認識。

劉飛惡狠狠的望了一眼龍耀，對最後一個活著的手下說：「我們走。」

屠夫在剛才的戰鬥中受傷嚴重，但因為他擁有變態的寄生靈能，所以不僅沒有因失血過多而死，反而通過啃食多手靈能者的屍體，而將身體變得更加龐大和健壯了。

「你真是太噁心了！」莎利葉實在是受不了了，揮鐮刀將他的腦袋削了下去。

但屠夫因為吃了太多的肉，肥膩的脖子都沉到了肩下，所以這一刀沒能削到舌頭，只把嘴唇上的腦袋削沒了。

只要舌頭上的靈樹還在，那屠夫就不會結束生命。他猛的將多手靈能者的腦袋插在斷面上，然後追著劉飛屁滾尿流的逃走了。

「啊！老大，等等我。」屠夫的三隻嘴巴一起喊。

龍耀、葉晴雲、王風鈴目瞪口呆的看著這一幕，臉色都像吃壞了肚子似的難看，只差沒將晚飯給吐出來了。

在劉飛消失在黑暗之中後，葉晴雲才感激的看向龍耀，說：「你能來，我很高興。」

「我是為我自己而來的。」龍耀說。

「但你把稀有靈種交給劉飛，真的沒有關係嗎？」

「沒有關係！因為……」龍耀緩緩的打開了右手，掌心中攥著一股靈氣。

「這難道是……」

「對！是那顆稀有靈種裡的靈氣，被我用『奪天地一氣』抽出來。」

「靈如要訣？」葉晴雲和王風鈴一起驚叫。

冷靜了一下之後，葉晴雲又說：「可如果被枯林會發現了，一定會派人再來紅島市的。」

「所以，我們要在這段時間裡，做好應對他們的準備。」

天空中的烏雲漸漸的散去，展露出一團皎潔的明月，連番的陰雨天終於過去了，看來明天會有一個好天氣。

靈能之森01風暴始動　完

# 不思議工作室

## 「年輕、自由、無極限」的創作與閱讀領域

為什麼提到奇幻的經典，就只會想到歐美小說？
為什麼創意滿分的幻想作品，就只能是日本動漫？
為什麼「輕小說」一定要這樣那樣？

站在巨人的肩膀上，是為了看得更遠。
讓我們用自己的力量，打造屬於自己的文化！

不思議工作室，歡迎各式各樣奇想天外的合作提案。
來信請寄：book4e@mail.book4u.com.tw

不論你是小說作者、插圖畫家、音樂人、表演藝術工作者……
不管你是團體代表，還是無名小卒。
不思議工作室，竭誠歡迎您的來信！
官方部落格：http://book4e.pixnet.net/blog

九月開學季，好朋友作陣來K書～

# 麻吉一起來看書，專屬好禮送給你！

除了專屬好禮外，還有神祕小禮物讓你分送親友團喔

## 1. 活動時間

2011年09月14日起至2012年02月29日止

## 2. 活動辦法

1>介紹人購買任何一本《飛小說・R》系列小說，並填妥書後「讀者回函卡」，寄回新北市中和區中山路2段366巷10號10樓--「不思議工作室」收，即完成報名手續。

2>介紹人推薦五個親友購買任何一本《飛小說・R》系列小說，並填妥書後「讀者回函卡」並註明介紹人之真實姓名，寄回新北市中和區中山路2段366巷10號10樓--「不思議工作室」收

3>介紹人一旦推薦五個親友，即可獲得特製馬克杯乙個，推薦十個親友可獲得特製馬克杯貳個，以此類推，推薦人數不限，推薦越多可換越多。另有神祕小禮物可分送親友團喔！

## 3. 活動獎項

1>特製馬克杯>除了可以選擇自己喜歡的封面（如果想等書籍之後的封面，以便有更多選擇，那麼收到聯絡信件時，請務必告知不思議工作室，可以保留製作），也可讀者設計專屬字樣，例如：讀者的英文名、喜愛的句子等等。

注意事項>如果在活動截止前，仍未出現喜歡的封面，可壓後到2012/12/31製作，但如果在2012/12/31前（以EMAIL收到時間為準）尚未提出製作，視同放棄資格。

2>神祕小禮物>依親友來函人數，隨馬克杯贈送給介紹人，讓其分送親友團。

## 4. 得獎公佈

介紹人一旦推薦滿五個親友，不思議工作室將會以手機、EMAIL與該介紹人聯繫。

*小提醒：詐騙猖獗，如遇要求先行匯款，請撥打165防詐騙專線。*

## 5. 注意事項

1>資料未填妥完全者，視同放棄得獎資格。
2>本活動領獎方式須配合主辦單位領取方式，無法配合視同放棄。
3>主辦單位保留取消、終止、修改或暫停本活動之權利。
4>如有任何疑問，請於上班時間（週一至週五）來信：book4e@mail.book4u.com.tw

詳細活動內容，以官方部落格（http://book4e.pixnet.net/blog）公布為準。

**☞您在什麼地方購買本書？☜**

□便利商店__________□博客來　□金石堂　□金石堂網路書店　□新絲路網路書店

□其他網路平台__________□書店__________市／縣__________書店

姓名：__________地址：____________________________________________

聯絡電話：__________電子郵箱：______________________________________

您的性別：□男　□女

您的生日：__________年__________月__________日

（請務必填妥基本資料，以利贈品寄送）

您的職業：□上班族　□學生　□服務業　□軍警公教　□資訊業　□娛樂相關產業

□自由業　□其他____________

您的學歷：□高中（含高中以下）　□專科、大學　□研究所以上

**☞購買前☜**

您從何處得知本書：□逛書店　□網路廣告（網站：______________）　□親友介紹

（可複選）　□出版書訊　□銷售人員推薦　□其他

本書吸引您的原因：□書名很好　□封面精美　□書腰文字　□封底文字　□欣賞作家

（可複選）　□喜歡畫家　□價格合理　□題材有趣　□廣告印象深刻

□其他____________________

**☞購買後☜**

您滿意的部份：□書名　□封面　□故事內容　□版面編排　□價格　□贈品

（可複選）　□其他

不滿意的部份：□書名　□封面　□故事內容　□版面編排　□價格　□贈品

（可複選）　□其他

您對本書以及典藏閣的建議______________________________________________

____________________________________________________________________

____________________________________________________________________

✌是否願意收到相關企業之電子報？□是　□否

**✍感謝您寶貴的意見✍**

✌From____________________@______________________________

♦請務必填寫有效e-mail郵箱，以利通知相關訊息，謝謝♦

**印刷品**

$3.5
請貼
3．5元
郵票
不思議信箱
FUSIGI POST

235 新北市中和區中山路二段366巷10號10樓

# 華文網出版集團　收

（典藏閣－不思議工作室）

靈能之森
00 風暴始動
with great power,
comes great responsibility.
七夜茶×嵐月

靈能之森/ 七夜茶作. -- 初版. --新北市：
華文網，2012.01-
冊； 公分. --(狂狷文庫系列)
ISBN 978-986-271-168-2(第1冊：平裝). ----

857.7 100026213

飛小說系列017

# 靈能之森01- 風暴始動

出版者■典藏閣
作　者■七夜茶　繪　者■嵐月
總編輯■歐綾纖
製作團隊■不思議工作室
郵撥帳號■50017206 采舍國際有限公司（郵撥購買，請另付一成郵資）
台灣出版中心■新北市中和區中山路2段366巷10號10樓
電　話■(02)2248-7896　傳　真■(02)2248-7758
物流中心■新北市中和區中山路2段366巷10號3樓
電　話■(02)8245-8786　傳　真■(02)8245-8718
ISBN■978-986-271-168-2
出版日期■2012年1月
全球華文國際市場總代理／采舍國際
地　址■新北市中和區中山路2段366巷10號3樓
電　話■(02)8245-8786　傳　真■(02)8245-8718
新絲路網路書店
地　址■新北市中和區中山路2段366巷10號10樓
網　址■www.silkbook.com
電　話■(02)8245-9896
傳　真■(02)8245-8819